Arabaiana

Ouvrage traduit avec le soutien de Pro Helvetia

fondation suisse pour la culture
prohelvetia

Titre original :
It's All True
Éditeur original :

ISBN 978-2-330-15122-5

Carmen Stephan

Arabaiana

traduit de l'allemand
par Camille Luscher et Alexandre Pateau

Chambon

Avec Zia

Pour ma mère

Sous la pierre. Sous le chant des oiseaux. Sous la clameur des grues. Sous la mousse. Sous la lumière. Sous la rosée ourlant l'étang et le roseau. La vérité m'apparaissait comme un filet dont le fin maillage soustendait tout. Et les hommes ne le voyaient pas. Ils parlaient de ce qui est réel. Mais ce n'était pas le réel. La vérité plongeait plus loin. Elle avait un fond.

Pourquoi ce filet s'est-il révélé à moi dans l'histoire de Jacaré et d'Orson Welles ? Je ne peux l'expliquer. Mais l'histoire, je peux la raconter. Celle du pauvre pêcheur du Nordeste brésilien, et du grand réalisateur d'Amérique du Nord. Ils se rencontrèrent en mars 1942 à Rio de Janeiro. Pour Orson Welles, Jacaré était un héros. Pour Jacaré, pendant le peu de temps qu'ils passeraient ensemble sur cette terre, Orson Welles serait *bebê chorão*. Parce qu'il trouvait que le réalisateur plissait toujours la figure comme un nourrisson qui va se mettre à pleurer.

Quelques mois auparavant, Jacaré avait quitté Fortaleza avec trois autres pêcheurs, par la mer. Ils avaient navigué jusqu'à Rio pour solliciter l'aide du président. Quatre hommes sur un radeau. Pieds nus, sans boussole, avec les étoiles pour seul guide. 2 381 kilomètres, soixante et un jours en mer. Loin d'eux, en Amérique, Orson Welles, assis devant son journal, lut un article sur leur odyssée et resta bouche bée. Il décida de filmer l'histoire : *It's All True*, le titre était trouvé. L'une des premières scènes montrerait l'arrivée glorieuse des quatre pêcheurs sur la côte de Rio. « Je veux que vous refassiez exactement ce qui s'est passé », lancera Orson Welles derrière sa caméra, à Jacaré, le meneur. *Je veux que vous refassiez exactement ce qui s'est passé.* Mais au moment où, luttant avec une mer démontée, ils manœuvraient leur radeau et sa voile vers la plage, au moment où ils s'apprêtaient à accoster, une grande vague a déferlé, emportant Jacaré. Il a disparu dans l'océan – et à ce jour on ne l'a pas retrouvé.

Orson Welles a tourné *It's All True*. Sans Jacaré. Avec Jacaré. Pour Jacaré.

On a cru le film perdu pendant un demi-siècle. Tous ceux qui cherchaient désespérément une vérité. Les enfants qui disaient, Jacaré, c'est peut-être en Amérique qu'ils l'ont emmené. Les pêcheurs qui disaient, c'est peut-être qu'ils l'ont éliminé. Sur la pellicule, que voit-on. Tout ce monde en train de parler. Sans voir le filet que Jacaré et Orson Welles avaient dévoilé. Sous la clameur des grues. Sous la mousse. Sous la lumière. Vous allez voir.

*

Il y avait deux plantes. La première, une liane d'un brun sombre qui se frayait un chemin vers le haut, en puissantes torsades. La seconde, un doux arbuste à feuilles vertes. Les deux plantes poussaient à deux endroits différents dans la forêt. Mais elles étaient liées. Elles le savaient. Ce que les hommes découvraient n'était que le savoir de ces deux plantes. Ses parents s'étaient rencontrés en buvant une décoction où se mêlaient la liane et les feuilles. La sagesse tout entière était contenue dans les feuilles. La liane avait la force d'ouvrir cette porte. Celui qui buvait la décoction ne pouvait plus rien se dissimuler ; plus rien grossir, plus rien diminuer. On voyait les choses telles qu'elles étaient. Un jour, ses parents entrèrent dans la forêt où poussaient les deux plantes. La mère cueillit les feuilles, le père trancha les lianes. Ils rapportèrent chez eux la décoction. Ils la burent tandis qu'il naissait. Ainsi vint-il au monde dans la force des deux plantes.

*

Jacaré a grandi à Praia de Caponga. Quelques traits pour vous l'esquisser. Les troncs, les jangadas, les palmiers, la mer. Vous percevez un sourd tambourinement, comme dans le film d'Orson Welles, ce sont les hommes qui travaillent le bois des jangadas. Vous voyez les femmes en train de coudre devant les cabanes aux toits de roseau. Le film devient muet. Vous voyez les hommes camper leurs pieds dans le sol en poussant un lourd radeau vers la mer, ils bondissent sur le radeau, se redressent. Tout est dans ce redressement. Les enfants s'immobilisent sur la plage. Ils s'allongent à plat ventre dans l'eau.

Leurs yeux suivent le radeau : un point qui rétrécit. Leur père est un radeau surmonté d'une voile qui finit par disparaître. Parfois, le petit Jacaré devait les accompagner en mer. C'était souvent la tempête, alors il vomissait, et son père l'attachait au mât à l'aide d'une corde. Sans quoi il serait tombé dans la mer.

Jacaré était né Manoel Olímpio Meira, mais ses parents l'appelaient *Jacaré* parce que, bambin déjà, il avait le visage aussi ridé qu'un crocodile. Il riait beaucoup. Jacaré avait un rapport direct avec le monde. Parfois, il restait assis dans l'eau peu profonde. À regarder la mer venir à lui. La mer, sa rumeur plus haute, sa force plus grande, il ignorait d'où ça venait, c'était la vie, et c'était un mystère. Les vagues venaient frapper durement ses genoux, l'encerclaient, se retiraient, revenaient de plus belle. Il pouvait rester assis là des heures entières, goûtant le sel dans l'air, écoutant l'eau crépiter, suivant des yeux les cercles que l'eau donnait et reprenait. Et jamais il n'apprendrait d'où ils venaient, ni pourquoi. Qui était l'auteur de ces cercles. Jamais il ne le saurait. Et ce *jamais* n'était-il pas à lui seul la preuve que l'infini existait. Le ciel, la mer, le vent, tout le poussait sans cesse vers les lointains tandis qu'il restait assis sur son carré de sable. Dieu était le plus petit mot pour tout ce qu'il ignorait. La loi derrière la loi. Le mystère derrière le mystère. C'était la chose la plus simple, la plus logique à ses yeux. Et ça commençait par la vie. On naît. On reçoit la vie. Si l'on reçoit quelque chose, il faut bien qu'il y ait quelqu'un pour nous le donner. Pour nous… accorder notre présence dans le monde. N'y avait-il personne ? Personne, c'était aussi quelqu'un. Et comme Jacaré sentait toutes ces choses puissamment, démesurément, mais qu'en même temps son estomac gargouillait et qu'il savait que le soir venu on ne lui donnerait encore que ses deux fourchetées de poisson, une larme lui coulait parfois sur la joue. Mais il l'essuyait du dos de la main. Comme le lui avait rabâché sa mère : on ne pleure pas. Jamais. Alors il essuyait sa larme dès qu'il la sentait, brûlante sur sa joue. Même quand il était seul. Il l'essuyait. Et il songeait à quel point ils étaient prisonniers, de ce geste, de cette dissimulation, même envers eux-mêmes. À quel point ils réduisaient leur monde, alors que la nature lui rappelait à chaque instant combien il était vaste.

Jacaré avait neuf ans quand Pedro, son cousin du même âge, s'était noyé dans la mer. Sa mère se tenait là, dans l'embrasure de la cabane en roseau, il n'y avait pas de porte. Elle l'attendait, et il sut que quelque chose s'était passé. Jacaré remontait de la plage à pas lents, il sentait le sable qui enlaçait ses pieds comme du plomb liquide. Lorsqu'il fut à deux pas de sa mère, elle lui dit : « Pedro est mort. » Il la regarda avec les grands yeux des enfants, où tout se déverse encore sans filtre, et où tout demeure. Il ne parla avec personne car personne ne lui parlait, il n'avait jamais fait face à une telle situation. Il alla chercher des roseaux, fabriqua un petit bonhomme qu'il gribouilla au charbon noir.

Sa mère le prit par la main et l'emmena à la cabane de sa tante. Il l'entendait crier, très haut, très aigu, un cri sans fin. Sa gorge se noua. Il ne savait pas où diriger son regard, alors il regarda l'océan. L'horizon. Le désespoir emplissait les yeux de sa mère, mais même le lendemain, même les jours suivants, elle ne lui parla pas. De ce qui s'était passé. Elle continua comme si de rien n'était.

Pourtant il avait bien deux oreilles, il avait deux yeux, une bouche. Pour la première fois, il ressentait, sans le comprendre tout à fait, que les hommes, quand ils n'étaient pas sincères les uns envers les autres, n'étaient plus liés par le cœur. Le cœur de sa mère battait. Son cœur à lui battait tout près. Mais ils étaient séparés. Sur deux planètes, à des années-lumière l'un de l'autre, parce qu'ils n'étaient pas sincères. C'est la vérité qui relie tout.

Être relié quand il prenait la mer. C'est ce que voulut Jacaré une fois devenu pêcheur. Quand ses enfants restaient sur la plage, il leur disait de serrer le poing gauche dès que le petit point disparaîtrait à l'horizon. Il serrerait le sien au même instant, quand disparaîtraient les petits points, ses enfants. Quand il partait pêcher pendant plusieurs jours, il disait à Josefina, sa femme, de regarder la lune. Il ferait la même chose, et ainsi leur amour se rejoindrait sur la lune. Il lui donna un coquillage ; la nuit, elle pourrait y coller son oreille pour entendre ce qu'il entendait. Plus tard, quand Jacaré eut disparu dans la mer, son fils Francisco posait parfois le coquillage sur l'oreille de sa mère endormie. Elle ne l'a jamais su. L'important n'était pas qu'elle le sache, c'était qu'il le fasse.

Ses yeux étaient comme deux pierres. C'était la première chose que Jacaré avait remarquée : ses yeux couleur pierre. Elle venait du sertão. Branches cassantes, feuilles sèches, cactus accusateurs. Les gardiens de troupeau y menaient leurs bœufs par la plaine harassée de soleil, en quête de quelques touffes d'herbe jaune. Le père de Josefina aussi était gardien de troupeau. Sauf qu'au lieu d'aiguillonner les bœufs, c'était ses cinq enfants qu'il menait dans la steppe. Il avait un bâton et les faisait avancer. Des jours durant, sans eau. Josefina avait dix ans, et elle chargeait sur son dos sa petite sœur de deux ans qui ne pouvait plus marcher. L'absurdité de ce comportement paternel marqua profondément Josefina et vécut en elle comme un effroi, pendant toute sa vie.

Josefina était heureuse avec Jacaré. Même s'ils vivaient dans la misère au bord de leur Praia de Iracema. Les jangadeiros n'avaient aucun droit. Dans leur pays, ils n'existaient pas. Le soleil leur couturait les yeux et, aveugles, ils devaient continuer à pêcher jusqu'à la fin de leur vie, parce qu'ils n'avaient pas de retraite. Si les quatre pêcheurs faisaient remonter douze poissons au bout de leur ligne, ils devaient en donner la moitié au propriétaire de la jangada, comme des serfs. Ils partageaient entre eux les six poissons restants. Il restait à chacun un poisson et demi. Un poisson et une moitié de poisson. Pas assez pour nourrir neuf enfants. Alors ils mouraient de faim. Ils cherchaient Dieu dans la faim. Certains jangadeiros finissaient par perdre leurs forces, et, un jour, en pleine mer, ils se laissaient tomber dans l'eau. Au moins, la famille n'avait pas à payer l'enterrement. Ou alors ils prenaient le couteau qui leur servait à retirer les entrailles des poissons et se donnaient le coup de grâce. Mais pour Jacaré, ce n'était pas une issue.

Pourquoi l'homme a-t-il deux mains ? Pour que l'une puisse tenir l'autre. Avant qu'elle se mette à coudre, saisir, caresser, frapper, tuer, une main tient l'autre main. C'est la première chose que le nourrisson saisit consciemment : son autre main. Elle est là pour ça. Il ne faut pas qu'il l'oublie. Une main peut prendre l'autre main et tirer l'homme, le soulever pour le remettre d'aplomb. Quand plus rien ne va. Quand nul secours n'arrive de nulle part ; il y a encore l'autre main. La plus élémentaire des vérités. Le plus beau des mystères. La plus cruciale des clés. Les hommes qui se tuaient l'avaient oublié dans leur souffrance. Oublié que leur main peut saisir l'autre main. Alors ils s'en servaient pour se supprimer. Désireux d'éteindre leur esprit, ignorants qu'ils étaient. Qui est-il, celui qui de sa propre main porte la lame à sa gorge, porte l'arme à sa tempe et dit : tu ne mérites plus de vivre. Qui est-il ? Qui oublie ainsi son autre main. Qui l'abandonne.

Avec Josefina, il parlait souvent de ce qu'il fallait faire, de la raison d'être de ses mains. Comment supporter que quelqu'un vole le dernier poisson d'un autre, et le gémissement des enfants, la nuit, quand la faim les empêchait de dormir, comment le supporter. Jacaré se torturait l'esprit pour trouver une solution. Il écoutait Josefina. Parce qu'elle voyait des choses qui lui échappaient peut-être et qu'elle était la seule à sentir, parce qu'elle l'aimait et que, pour cette raison, elle lui disait les choses en toute honnêteté. Ainsi voyait-il la relation entre l'homme et la femme : l'un doit être le projecteur de l'autre.

Devaient-ils se croiser les bras ? Délaisser leur travail ? Faire grève ? Rentrer la tête et continuer à pêcher en silence ? Se plaindre, se lamenter ? Jacaré cherchait une issue plus élevée. Alors vint le soir qui lui apporta une réponse si éloignée de toute possibilité, si absurde et périlleuse, si inenvisageable qu'il décida de s'en saisir.

C'est par une soirée comme toutes les autres et sous un ciel mauve que Jacaré et Josefina s'étaient mis en route avec le plus petit de leurs enfants, un bébé. Quittant le village, ils avaient pris par le chemin poussiéreux qui longeait les champs et qui les éloignait, d'abord des voix, puis des hommes, puis des bêtes, enfin de la rumeur des eaux. Ils avaient rejoint d'autres habitants du village, des amis. Le groupe comptait une quarantaine de personnes et s'était réuni dans une vaste grange ouverte aux quatre vents. Autour, la forêt, et derrière, une dune qui s'élevait, silencieuse. Ils cherchaient des réponses. Et posaient des questions. C'était la seule voie que pouvait emprunter la réponse : passer par la question. Ils avaient emporté tout ce qui leur restait pour le cacher en ce lieu.

De la grange, il suffisait de gravir quelques marches pour atteindre une petite chambre. Sur le sol, un matelas. Josefina y avait allongé l'enfant pour qu'il dorme. Elle était restée près de lui, avait posé sa main sur son dos jusqu'à ce qu'il respire calmement, profondément. Jusqu'à ce qu'elle sente toute sa vie à l'intérieur de sa main. Et elle s'était étendue à côté de lui, dans le hamac. Les voix lui parvenaient d'en bas. Tous s'étaient assis en cercle, et ils écoutaient pendant que l'un d'eux parlait. La grosse lune d'argent brillait à travers une petite lucarne. Et si je donne tous ces détails secondaires, c'est pour éviter de me heurter à l'essentiel. Car d'où je raconte ça ? Quelle est ma place quand je dis : regardez ce qui s'est passé cette nuit-là. Nous devons comprendre l'insaisissable. Mais l'insaisissable refuse de nous entendre.

La réunion était presque terminée quand Josefina se leva pour les rejoindre. Elle savait que le bébé se réveillerait bientôt pour boire à son sein. Mais je l'entendrai crier, elle a pensé. Puisqu'elle entendait les voix qui résonnaient d'en bas, une fois en bas elle entendrait bien la sienne. Alors, sentant la lune dans son dos, elle traversa le jardin vers la grange, et elle s'assit à côté de Jacaré. Il lui chuchota à l'oreille qu'il allait parler. Elle hocha la tête, lui sourit. Mais soudain, derrière eux, à gauche, un cri, un sursaut, un souffle coupé. Comme des chaises qui se renverseraient dans le cosmos. Les béquilles du monde. Avec une violence telle que cela semblait se passer très loin et pourtant tout près d'eux. Deux hommes, trois hommes font irruption dans la grange, le visage masqué par des foulards, l'arme à la main.

Couchez-vous. Elle l'entend, l'appel se répand. Mais elle n'arrive pas à y croire. Elle regarde son mari qui se redresse déjà pour se plaquer au sol. Elle se lève aussi, mais elle dit : « Non. » Elle sent : « Non. » Comme s'il y avait encore une issue. Jacaré se couche. Son regard dit : « C'est comme ça. »

Tout tombe. Toutes les barrières, toutes les façades. Elle se laisse couler, enlace Jacaré sous la poitrine, enfouit son visage dans son ventre. Elle entend les hommes crier, ils doivent être quatre ou cinq, emportés par une violence froide. Que cherchent-ils. Puisque nous n'avons rien. Le visage caché, ils les rouent de coups de pied et leur prennent tout ce qu'il leur reste. L'alliance, les pièces d'argent. Ils vont de l'un à l'autre, leur appuient l'arme sur la tête. Dans le dos. Elle sent que le Mal est harnaché sur la nuque de ces hommes, il est entré à cheval sur leur dos, il remplit l'espace. Elle pense à son bébé allongé là-haut, il dort, mais les cris peuvent le réveiller à tout instant. Elle brûle de courir vers lui et de le prendre dans ses bras et ce désir la déchire presque. Pourquoi a-t-il fallu qu'elle le laisse là-haut. Maintenant, l'accès est bloqué. Des rochers en travers d'une porte. Comment sortir de là. Seulement quelques mètres. Mais elle est prisonnière. Son enfant, là-haut, est désormais seul au monde, un monde devenu immense. Et il n'en sait rien. Les minutes s'étirent à l'infini. Qu'un seul d'entre vous bouge, crie l'un des hommes, et on tue tout le monde.

Qui parle. Pour qui.

Qui menace. Pour qui.

Qui crie. Pour qui.

Qui frappe. Pour qui.

Qui appuie un canon sur leur tête. Pour qui.

En cet instant elle avait compris une chose simple. Dans tout l'univers, il n'y a que deux forces. Le Mal venait d'entrer pleinement dans sa vie. Son dos était à découvert, ils n'avaient qu'à le vouloir pour le percer d'une balle. Que faire désormais de notre dos ? Le recouvrir de notre peur ? En bander les muscles jusqu'à ce qu'ils nous étouffent ? Impossible de se défendre. La seule chose que nous pouvons faire, c'est ouvrir en grand l'autre porte. Nous tourner vers l'autre force. La seule chose en notre pouvoir. Ouvrir l'autre porte et que la lumière déferle en nous. Nous remplir jusqu'à ce que notre corps ne soit plus que lumière. Nous appelons la lumière du soleil et de toutes les étoiles, nous sommes avec cette lumière. Josefina sentait à peine les autres. Car ils ne faisaient qu'un. Eux tous, sur le sol. Elle sentait le cœur de Jacaré qui battait dans son épaule. Et elle sentait son cœur qui battait dans le ventre de Jacaré, beaucoup plus vite. « Doucement, lui souffle-t-il, respire. » Au bord de son champ de vision, une arme, l'un des hommes s'approche, il est juste à côté d'elle. Elle pense encore à son bébé, et cette pensée la déchire. Il doit avoir faim, il va se réveiller d'un instant à l'autre. Et ensuite ? Dors, prie-t-elle. Je suis là. Ne te réveille pas. Elle voudrait le sentir, le tenir. Juste ça. Sentir, tenir. Et elle se met à craindre que son désir même le réveille. Et si elle ne peut plus le tenir ?

Et si ses parents meurent en le laissant là-haut ? Et s'ils l'entendent, eux ? S'ils le trouvent ?

Vite, elle avait refoulé ces pensées. Elle savait que tout changeait. Que ça allait bouger. Cette sombre agression stagnait depuis déjà trop longtemps. Chaque geste, la moindre poignée de main, portait sa dramaturgie. Une aggravation, une modification, la conscience que tout avait une fin. Ils ne resteraient pas dans cette situation. Peut-être qu'ils mourraient, peut-être qu'ils survivraient. Mais ils n'y resteraient pas pris. Ça finirait par passer. La fin était déjà donnée. Cette violence froide dans leurs voix, qui veut à tout prix nous soumettre. Et s'ils violent l'une d'entre nous ?

On était loin de tout.

De tout.

Ils pouvaient faire ce qu'ils voulaient.

Ce qu'ils voulaient.

Josefina savait que ces pensées, sa peur s'amalgamait en cette autre force. Et elle refusait de la leur donner. Elle refusait de leur céder sa puissance. Alors elle s'était concentrée pour faire grandir la lumière. *Viens. Viens, je t'en prie ! Viens.* Elle les avait enveloppés de lumière, elle et Jacaré, le bébé, ses autres enfants, ceux qui étaient en sécurité, à la maison. Quand la peur revenait, elle se remettait à appeler silencieusement. Encore et encore. De plus en plus fort. Sans s'arrêter. Et celui qui était derrière son dos s'était éloigné sans la toucher. Sans poser le canon sur elle. Le bébé est sous ses yeux, elle le voit respirer, dormir, elle voit le duvet sur sa tête, ses petites mains qui reposent, et elle lui envoie toute sa puissance. Le bébé la sent près de lui. Il fallait qu'il la sente. Et puis était venu le point culminant dont elle avait su qu'il donnerait la direction. Une heure avait dû s'écouler depuis qu'ils étaient plaqués au sol. Soudain, elle avait entendu deux des hommes rouer de coups de pied un garçon, de plus en plus fort. Près d'elle, quelqu'un s'était mis à crier :

« Arrêtez ! Bandits !

— Qui a parlé ? »

Un homme avait levé la main. Et ils l'avaient arraché au cercle. Elle avait entendu un gémissement. Venait-il d'en haut ? Non, d'une femme, à côté d'elle. Le petit. Et si l'un des hommes était depuis longtemps monté et l'avait emporté ? « Respire, Josefina, respire, lui soufflait Jacaré. Nous sommes protégés, le bébé aussi. » Et elle l'avait cru. Elle avait pris une profonde inspiration qui embrassait toute chose et tout être, et elle avait vu la chaleur et la clarté briller dans ce qu'elle expirait. Alors elle s'était laissée aller à une grande confiance, plus forte et plus puissante que tout ce qu'elle avait jamais éprouvé sur cette terre.

*

Jacaré est assis dans sa cabane. Un couteau est accroché au mur. Mais on ne le tire pas. Il est dans son fourreau, un morceau de cuir. Mais on ne le tire pas. Son manche dépasse. Mais on ne le tire pas. Le couteau nous conduit à cette nuit, lorsqu'ils ont fait irruption, lorsque nous nous sommes jetés au sol. Le souffle malin harnaché dans leur dos. Et eux qui ne le savaient pas. Pas même quand ils sont partis, franchissant la dune avec leur butin de misère. Ne savaient pas qu'ils ne l'avaient pas fait pour eux-mêmes. Pour leur bonheur. Pour leur survie. Ce n'est pas nous qu'ils ont volés. Pas nous qu'ils ont humiliés. Pas notre vie qu'ils ont menacée. Pas nous qu'ils ont frappés. Ce n'est pas contre nous qu'ils l'ont fait.

Ce n'est pas non plus pour eux. Ils l'ont fait uniquement pour cette force mauvaise. Ils étaient ses instruments, rien de plus. Et ils ne le savaient même pas.

Car ils ne savent pas ce qu'ils font.

Ici s'arrête l'histoire.

Non, c'est ici qu'elle commence.

Jacaré se lève, caresse les cheveux de Josefina, sort et marche dans le sable. Il s'assoit et reste seul face à la mer. Les yeux sur la grande lune. Sa réponse, quelle serait-elle ? C'était comme si quelqu'un lui avait posé une question monstrueuse. Quelle serait sa réponse ? Il devait y en avoir une. Ne pas répondre serait la réponse la plus forte. Il devait exister une réponse plus haute que ce mal dont ils souffraient chaque jour, que ce qu'ils avaient traversé la nuit précédente. Plaqués au sol, ils avaient appris que le sol se dérobait. Que rien ne les soutenait. C'était à eux d'y remédier. Il leur fallait rejoindre une autre force. Cette force qu'il connaissait de la mer, qu'il sentait sous ses pieds quand il était en mer. C'est alors que la pensée lui est venue. Et cette pensée a gravé pour toujours, sur la même carte, son chemin et celui d'Orson Welles. Un seul chemin.

*

Rien, dans l'enfance d'Orson Welles, ne me paraît naturel et limpide. Sa mère lui a appris à lire et à écrire avec des citations de Shakespeare. Elle le tenait enfermé dans une boule à neige, dans un monde fait de pieds et de rimes. On dit qu'il avait trois ans quand il a joué pour la première fois dans un opéra. On dit qu'à six ans il avait voulu se jeter du haut du balcon pour échapper à ses leçons de piano. On dit que le soir, dans la cuisine, il était assis entre Caruso et un magicien mondialement connu. Son père, un inventeur, avait quitté la famille très tôt. Toutes ces choses s'amoncelaient dans son esprit. Quand on a eu une enfance si compliquée, peut-on jamais apprendre à se connaître vraiment ?

Se connaissait-il ?

Le jour de son neuvième anniversaire, sa mère le fit venir à son chevet. Il ne lui restait plus que quelques jours à vivre. La tache jaune de son visage sur l'oreiller, ses yeux troubles. Ce sera l'image qu'il gardera d'elle avant qu'elle ne fasse éteindre la lumière. Neuf bougies brûlaient sur son gâteau.

« Elle m'a dit : "C'est le cercle enchanté. Dans la vie, tu auras tout ce que tu veux. Mais tu dois souffler très fort, tu dois les souffler toutes. Et tu dois faire un vœu." J'ai soufflé à pleins poumons. La chambre a été plongée dans l'obscurité, et ma mère a disparu à jamais. Parfois, lors des veillées funèbres, je me surprends à penser que, de toutes mes erreurs, la plus grande a été de ne rien souhaiter ce jour-là, le jour de mon anniversaire, juste avant la mort de ma mère », écrira plus tard Orson Welles vieillissant.

Le 6 mai 1942, a-t-il soufflé toutes ses bougies ? Qu'a-t-il souhaité en ce jour de son vingt-septième anniversaire, peu de temps avant que Jacaré ne disparaisse sous ses yeux dans les profondeurs de l'océan ?

*

Au début, Jacaré ne parle de son idée à personne. À la place, il se met en tête d'apprendre à lire et à écrire. S'ils font bel et bien ce voyage, il sait qu'il faudra quelqu'un pour le consigner. Seul existe ce qu'on raconte. Seul ce qu'on raconte a eu lieu. Une institutrice habitait dans le quartier qui surplombe le village, là où les maisons sont construites en dur. Jacaré compta les palmiers qui le séparaient de la maison, au huitième il s'avança vers la porte. Il confia son rêve à la jeune femme qui promit de l'aider. Dès lors, chaque soir, après avoir vidé les poissons, il se mettait en chemin pour apprendre à tracer les lettres de l'alphabet. Tout commence par un A. Puis, on s'évade dans une forêt fourmillante de lettres qui ne demandent qu'à être déplacées, recomposées, interverties. Ainsi le A n'a-t-il nul besoin du B. Il a besoin du Z. Du cercle fermé à l'intérieur duquel tout est à inventer. Apprendre à écrire, pour Jacaré, c'était comme renaître. Comme se relier à une partie de lui-même dont il ignorait jusque-là l'existence.

Écris dans ta propre langue.
Apprends à connaître ta langue à toi.
Apprends à connaître ton cœur.

Apprends à connaître ta main.
Apprends à connaître ta langue.

Ce furent ses premières phrases, couchées d'une main tremblante.

Il aurait voulu écrire une histoire de la main. Cette main tailladée chaque jour par le cordage de la jangada. Cette main qui chaque jour assommait les gros poissons. Quand une main avait beaucoup frappé, beaucoup trimé, on le voyait. Mais quand elle caressait, quand elle tenait d'autres mains, il n'en restait plus trace. Si d'une main on attrape son autre main, on sent les os, la chaleur, la fermeté, l'agilité. Mais si c'est la main de quelqu'un d'autre que l'on touche, on sent bien plus encore. Un battement, une intimité, une incertitude. Sauf que ces messages ne viennent pas de l'autre main, mais de soi-même. On les met dans cette autre main qui continue de vivre avec. Car les mains sont notre mémoire.

*

Deux années s'écoulèrent pendant lesquelles en apparence rien ne se passa. Jacaré traça un plan pour leur itinéraire, y inscrivit les étoiles et les ports les plus importants, établit la liste des choses dont ils auraient besoin. Du manioc, des jerricanes d'eau, des lampions, du fil, des cordes, des couteaux. Quand les mots lui manquaient, il faisait un dessin. Il pêchait toujours, il apprenait toujours à écrire. Au-dehors, il ne se passait pas grand-chose. Au-dedans, le fruit mûrissait. Le fruit, c'était le secret.

Pour se rendre chez l'institutrice, Jacaré passait devant une affiche accrochée à un palmier. On y voyait le visage sérieux et avenant de Getúlio Vargas, le président. Getúlio, *o pai dos pobres*, Getúlio, le dictateur en smoking, le grand rassembleur du pays. Plus Jacaré voyait l'homme sur cette affiche, plus il avait l'impression de le connaître. Au bout de quelque temps, il se mit à le saluer.

Les nuits dans la cabane. De son hamac, Jacaré n'entend pas seulement le roulis, il le sent, il sent le va-et-vient du ressac. Dans l'air, dans l'eau, il y a cette tension insupportable qui pèse sur son corps, l'empêche de trouver le sommeil. La mer était dans ses articulations. La mer était dans ses os, la mer était dans son sang. Il sortit, elle était là, vibrante de sel, scintillante, une entité puissante et sauvage. Si vaste que ses yeux ne pouvaient l'embrasser. Que ses mains ne pouvaient l'embrasser. La mer n'a pas de chevelure, aucune prise. Rien à marchander. La mer, elle a toujours fait ce qu'elle fait. Il n'y a qu'à l'accepter et la rejoindre.

Le soir suivant, Jacaré descendit à la plage avec José, son petit garçon, pour récupérer les nacelles dans la jangada. Des nuages s'amoncelaient, et du ciel ne parvenait plus qu'une faible lueur rose. « La nuit ne va plus tarder », dit Jacaré. Et l'enfant lança un regard derrière lui. Comme si l'obscurité les poursuivait, marcheuse solitaire. Comme si elle ne tombait pas tout d'un coup, recouvrant tout, chaque plante, chaque pierre. Des vautours tournoyaient au-dessus de leur tête. Le doux chuintement du vent dans les plumes, gonflant les ailes. La force des oiseaux. Dont ils ne font pas usage. Il leur suffit de la montrer. Cette force, d'où vient-elle. Elle ne peut pas venir de leur frêle squelette.

Le matin même, ils avaient enterré leur chien. Et voilà que José posait les questions.

« Où est-ce qu'il est parti ?

– Au ciel.

– Quand est-ce qu'il revient ?

– Il ne reviendra plus pareil, mon petit.

– On le reverra ?

– C'est impossible, José.

– Et si on ouvre la tombe ? »

C'était la question de son enfance : et si on ouvre la tombe ? Un sentiment d'espoir dans l'irrévocable. Il connaissait ça. Et il savait aussi que ça n'allait pas plus loin. Ils ne sauveraient rien s'ils ne créaient pas eux-mêmes quelque chose de neuf. Ils devaient se confronter à la réalité. Marchander avec elle. Car même si elle paraissait franco de port : elle avait un prix. La réalité a un prix. Et pour que ce prix cesse de grimper, il était temps pour Jacaré d'agir.

*

Le matin suivant, les quatre pêcheurs revenaient d'une sortie difficile. Toute la nuit, la pluie les avait fouettés, la tempête les avait pris par le col. Les voici de retour sur la plage. Dans le sable, des nageoires brisées. Dans le ciel, des nuages d'un gris lugubre. Dans les airs, une odeur de sang frais. Comme chaque fois, ils souffraient de devoir donner leurs poissons au propriétaire de la jangada. Les poissons qui leur avaient coûté tant d'efforts. Une nuit entière. Jusqu'à risquer leur vie. Dans la peur de voir chavirer le radeau. S'il se retournait en pleine mer, ils étaient perdus. Souvent, ils le ressentaient très nettement : seul est en vie celui qui n'est pas encore mort.

Jerônimo, comme à son habitude, parlait peu. Il ramenait sur la terre ferme l'indispensable talent du jangadeiro, le calme. Le vieux Tatá grommelait dans sa barbe en répartissant les poissons. Mané Preto avait saisi une langouste, créature d'un autre monde, avec ses yeux comme des billes noires. Il touchait ses antennes, elle recroquevillait ses pattes, cliquetait, s'étirait vers lui, cette créature qu'elle ne connaissait pas. Jacaré jeta un regard vers le ciel, puis il dit :

« De quel droit on ne reçoit que ces quelques poissons. De quel droit nos enfants meurent de faim. De quel droit ils envoient au large même les plus vieux et les plus malades d'entre nous. De quel droit !

– Oui, c'est une honte. Il faudrait briser le cou des *donos*. Vu comme ils nous exploitent, dit Tatá.

– Si tu fais ça, tu te poses en victime. Tu sais ce que c'est une victime ? Tu te ratatines et tu forces tout le monde à te regarder de haut. C'est le contraire de ce que nous faisons. On se redresse, on se tient droit sur la jangada, dit Jacaré.

– Et qu'est-ce que tu proposes ? lance Mané Preto.

– D'aller trouver directement celui qui fait les lois. On va chez le président et on revendique nos droits.

– Et comment veux-tu arriver jusqu'à lui ? Tu veux peut-être nous payer un billet d'avion avec tes trois poissons ?

– Non, on prend la mer, et on la prend comme on fait tous les jours. Avec la jangada. »

Pas un crabe ne bronchait. Pas un brin d'herbe ne frémissait. Aucun cliquetis de vaisselle ne parvenait des cabanes. Les marteaux s'étaient tus. Le vent ne soufflait plus.

Même la langouste avait cessé de remuer ses antennes.

Puis Mané Preto se mit à rire. À gorge déployée.

Tatá laissa échapper un juron de pêcheur.

Jerônimo s'éloigna sans un mot. Les autres sur les talons. Trois hommes en file indienne, des jangadeiros reconnaissables de loin : chapeaux blancs en palmier tressé, chemises de lin teintes avec le suc cuivré des fruits du *cajueiro*, trois hommes s'éloignant, du sable jusqu'aux chevilles. Ils avaient presque disparu quand Mané Preto se retourna pour crier à Jacaré : « Et tu crois qu'il nous ouvrira la porte, ton président ? » Son rire éclata encore une fois.

Quand ils sortirent de nouveau en mer, aucun des hommes ne souffla mot de cette histoire. Pas davantage pendant la sortie suivante, ni celle d'après, ni celle d'après.

Mais l'idée était là. Elle avait été dite et mise au monde. Et plus la situation était désespérée, moins ils pouvaient l'ignorer. La force de cette idée était à la mesure de l'injustice qu'ils subissaient. Elle lui correspondait. Et ce qui correspond finit par faire son chemin.

*

En avril 1941, Jacaré, Mané Preto, Jerônimo et Tatá commencèrent la construction de leur propre radeau. Six troncs d'arbre attachés avec des cordes. Dans une jangada, pas l'ombre d'un clou. Le bois de *piubá* dont ils se servaient était arrivé par la mer après avoir descendu l'Amazone. Ils avaient rassemblé des fonds. Un magnat de la presse les soutenait, une lady du yacht-club et puis des donateurs anonymes, tous parrains de la traversée à venir. D'autres leur donnaient des couvertures, des bougies, des vêtements, des boîtes de conserve. Il faudrait bien que leurs familles subsistent pendant le grand voyage. Car plus personne ne ramènerait un seul poisson.

Chaque soir, ils taillaient et rabotaient le bois, ils le caressaient de la paume. Leur première jangada. Elle était comme toutes les autres, mais ils la construisaient exprès pour ce périple. Leur périple. Jacaré était pour les trois autres une source de confiance et d'espoir. Les pêcheurs installés autour d'eux, dans les autres jangadas, les regardaient travailler en jouant aux cartes, en rapiéçant une voile ou en buvant leur cachaça. Il y avait un vieux pêcheur, António, qui gardait les yeux rivés sur les quatre hommes. Ses prunelles brillaient d'un éclat lointain. Dès qu'il levait les yeux ou qu'il les baissait, son cerveau basculait et se retournait comme s'il allait se détacher de sa tête ; la maladie des pêcheurs qui ont trop regardé la mer et trop regardé le ciel. Chaque jour, il restait campé dans l'étendue du sable. Et chaque jour, il se rapprochait un peu plus. Quand il fut si près qu'il eut la jangada à portée de main, il dit à Jacaré :

« Tu ferais mieux de t'occuper de ton travail.

– Qu'est-ce que tu veux dire, António ?

– Que tu ferais mieux de t'occuper de ton travail.

– Si je m'en occupe, je mourrai avant d'avoir ton âge.

– Entre ici et Rio, à certains endroits, les vagues ne déferlent pas, elles éclatent les unes contre les autres. »

Et il rapprocha ses deux index en les faisant s'entrechoquer comme deux étalons qui ruent.

« Tu ne connais pas ces eaux-là, tu n'es jamais allé plus loin que Fortaleza. »

Jacaré prit une profonde inspiration et le regarda droit dans les yeux.

« Mais j'ai confiance, et ce que je fais est juste.

– Abandonner ta famille, risquer ta vie et mettre les autres en péril, c'est ce que tu appelles juste ?

– Chaque jour on prend la mer, António. Chaque jour on prend le risque de ne pas revenir. C'est notre vie. Nous lui montrerons simplement notre vie.

– Et tu crois que le président s'intéresse à notre vie de rien du tout ?

– De rien du tout ? De rien du tout... Les hommes ont oublié. Oublié qu'ils ont de la force. Tu ne trouves pas ça drôle que les serpents et les oiseaux naissent délicatement en sortant d'une coquille, alors que l'homme vient au monde violemment, extirpé de la chair ? C'est comme ça qu'est notre vie : violente. À chaque seconde. Mais les gens endorment leurs sens. Et ils finissent par traverser la vie en somnambules, sans savoir ce que c'est, la vie.

– Et toi, tu le sais.

– Non ! Mais je sais que la moindre feuille de cet arbre, là-bas, peut refléter et transformer la lumière. Alors nous, pourquoi on ne serait pas capables de changer quelque chose ! »

António baissa les yeux pour la première fois.

« C'est pour nous tous qu'on part, António. On prend la mer pour tous les pêcheurs du Nordeste, on part pour nos petits. Voilà ce qu'on peut faire. »

António ne dit plus un mot. Mais il ne bougea plus non plus jusqu'au jour du départ. Il restait là, à les regarder. Pour éviter de lever les yeux vers le ciel ou de les baisser vers le sol.

Chaque coup de scie, chaque coup de rabot, chaque coup de burin partait de leurs mains pour se graver dans le radeau : et c'est avec ça qu'ils prendraient la mer. Car ce qui était juste était juste, et ce qui était faux était faux.

*

Orson Welles avait tant de visages superposés devant le sien qu'il faut s'approcher lentement.

Pendant qu'à Fortaleza un radeau se construisait, son premier film était présenté en avant-première à New York. Un film qui faisait descendre les gens dans la rue, les retranchait dans des limousines, les engonçait dans des smokings, tordait leur sourire. Une boule de neige les atteignait en pleine face. C'était le jeune Charles Foster Kane qui lançait les boules de neige, elles volaient dans tous les sens sur l'écran, si bien que personne dans la salle ne remarqua que la neige était faite de cornflakes broyés.

Très tôt, sa mère lui avait appris à mettre sa vie en scène. Parfois, elle l'emmenait se promener, gardait sa petite main dans la sienne et abordait un passant : « Vous voulez bien me tenir ça ? », et elle lui mettait un livre ou un autre objet entre les mains. Puis elle traversait la rue, élégante, et au prochain passant : « Vous voulez bien me tenir ça ? » Heureuse à l'idée qu'à chaque coin de rue quelqu'un tenait quelque chose pour elle.

Pour Orson Welles, la vie était un coffret de magicien. Il fallait la vivre intensément, sans perdre de temps ; la mort précoce de sa mère, puis celle de son père, quelques années plus tard, le lui avaient enseigné. Mais on pouvait aussi simuler la fièvre, plonger le thermomètre dans l'eau chaude.

On pourrait raconter les années qui séparent son enfance de *Citizen Kane*. Mais on peut aussi bien les couper au montage. Car il se peut qu'il soit toujours resté enfant, ou qu'il ait toujours été un homme. Quand je ferme les yeux, je le vois devant moi, les joues rebondies, la raie de côté, le blazer bleu foncé, une petite caille perchée sur l'épaule. Je l'entends parler. Une voix profonde, lourde d'éternité. Comme celle de Dieu.

Tout ce qui s'était accumulé dans son enfance. Tous ces « génie » chuchotés à l'oreille, tous les tableaux recopiés, tous les poèmes, tous les morceaux de violon, toutes les boules de neige et toutes les phrases insolentes allaient se déverser dans *Citizen Kane*. Il récitait le monde. Comme pour montrer, d'un coup d'un seul, ce dont il était capable. Mais c'était un labyrinthe qui n'avait pas de centre.

*

Les pieds dans le sable, ils avaient formé un cercle autour du radeau. Au milieu, un prêtre et ses deux servants priaient pour la protection de la jangada. On la baptisa *São Pedro*. Parce que Jésus était monté dans la barque du pêcheur Pedro et avait dit : « Allez au large et jetez vos filets pour pêcher ! » La femme d'un diplomate versa de l'eau bénite sur le radeau. Elle remit le flacon vide à Jacaré.

Les quatre pêcheurs s'étaient réunis au bord de la lagune, sous le feuillage du grand *cajueiro*. Ils pressèrent les coques des fruits pour en extraire l'huile rougeâtre qui sentait le bois et la terre, et ils en badigeonnèrent leurs pantalons et leurs chemises en lin. En haute mer, le suc les protégerait du soleil qui sinon leur écorcherait la peau. On connaissait l'histoire du *cajueiro* dont l'ombre obscurcissait le monde entier. Mais l'ombre ne fait qu'annoncer la lumière. Qu'y habituer les yeux. Et en retirant son ombre, millimètre par millimètre, le *cajueiro* finirait par illuminer le monde. Du nord au sud.

Des jours passèrent. Jacaré ne trouvait pas le sommeil. Il retourna à la cabane, s'assit dans le sable sombre. Une paume au-dessus de la terre, c'était déjà le ciel. « Quand faut-il partir ? » demanda-t-il. « Partez maintenant ! » À la seconde même où il prononçait sa question, la réponse était venue : *Partez maintenant.*

La nuit qui précéda leur départ, Josefina fit un rêve. Elle vit le visage de Jacaré s'estomper lentement sous ses yeux. Elle ne lui en parla pas. Pendant leur périple, elle refit plusieurs fois ce rêve. Mais elle ne le raconta à personne. Sauf une fois, au soleil.

Toute la nuit, elle garda sa main dans la sienne. La main de Jacaré, dont la paume était aussi rêche que l'écorce d'un arbre. Quand, plaquée au sol lors de cette nuit terrible, elle avait senti cette main, elle avait été prête à partir ; heureuse d'être avec lui, de le sentir près d'elle, en cet ultime instant. Elle serait morte avec lui. Elle avait survécu avec lui. Elle vivrait avec lui.

Le 14 septembre 1941, au point du jour, la jangada *São Pedro* allait mettre le cap sur Rio. Jacaré enfila son pantalon de lin, sa chemise que le suc du *cajueiro* avait recouverts d'une couche brillante. Ce matin-là, les oiseaux chantaient plus fort, plus haut. Le petit chien mettait son coussin en pièces devant leur cabane. L'air était empli de quelque chose qui n'était pas encore là.

Dehors, Jerônimo, Mané Preto et Tatá attendaient déjà. Ils mirent leurs chapeaux blancs de jangadeiros et, tous les quatre, ils descendirent vers la mer qui s'étendait tel un désert devant eux. Les gens affluaient de partout. Certains brandissaient des feuilles de palmier. Les enfants couraient dans les flots, dépassaient le radeau, comme si c'étaient eux qui partaient. Ils encerclèrent de nouveau le *São Pedro*, sa voile de lin scintillait, nacrée dans le soleil levant.

Josefina portait son plus jeune fils. Depuis l'attaque, elle se sentait étrangement liée à lui, d'un lien clair et profond qui dépassait le lien d'une mère à son enfant : comme deux êtres à qui la vie avait offert une deuxième vie. Un bébé et déjà un survivant. Leurs enfants, Francisco, Maria Olímpia, José, Raimunda, Francisca, Joaquim et Maria José se tenaient par la main. Le prêtre dit une prière. Les jangadeiros se signèrent. Jacaré se retourna une dernière fois et regarda Josefina de ses yeux doux et sauvages. Les yeux d'un pêcheur. Et ce regard contenait déjà tout. Il les serra dans ses bras, elle et les enfants.

Et ils poussèrent le radeau à l'eau.

« *Vai !* » crièrent-ils, tête baissée, les jambes arc-boutées sur le sol, suant déjà, ils poussèrent l'embarcation de toutes leurs forces sur les rondins. Une demi-heure durant. *Vai ! Tira ! Agora !*, leurs voix tendues à se rompre, comme leurs bras. Enfin, l'eau jusqu'au torse, ils grimpèrent à bord et hissèrent hâtivement la voile. Et maintenant ces trois, ces quatre vagues à franchir. Le moment le plus périlleux, au départ, à l'arrivée. Ici la mer se rebellait contre ceux qui voulaient la prendre. Elle faisait valser la jangada. Visages tendus des pêcheurs. Il y avait une ligne. Personne ne savait exactement où elle courait. Mais il fallait qu'ils la franchissent. Alors ils n'appartiendraient plus à la terre. Mais à la mer.

Mais au ciel. Là résidait le courage de ces hommes, ils ne faisaient pas la démonstration de leur propre force, ils s'unissaient à une force supérieure qui les dépassait, ils se soumettaient à elle. À présent, la ligne franchie, ils voguaient paisiblement vers le large. Quatre hommes debout. Les pieds dans l'eau. Josefina, les enfants, tous ceux du village plantés dans la mer, certains proches de la plage, d'autres enfoncés jusqu'aux genoux. Le regard fixé dans la même direction. Celui qui prend la mer ne ferme pas la porte derrière lui, ses roues ne tournent pas au coin, il ne descend aucune rue. Celui qui prend la mer, on peut le suivre des yeux pendant une petite éternité. Jusqu'à ce qu'un infime triangle blanc flotte sous l'infini du ciel. Un point. Et puis plus rien. La courbure de l'horizon les a avalés.

*

Le vent soulevait les oiseaux, fouettait les vagues, entrait en bourrasques dans les oreilles et s'échappait par des conduits souterrains. La chapelle blanche qui coiffait la dune disparaissait derrière le phare. Jacaré voyait ses enfants lui faire de grands signes. Plus ils rapetissaient, plus il sentait les battements de leurs cœurs. Dans le sien. Plus il les sentait proches. Quand ils eurent disparu de son champ de vision, il serra le poing gauche.

Chaque vague qui se brisait contre la jangada l'inondait de plus belle. Quelle quantité d'eau pouvait traverser la peau ? Le lourd océan, ils en sentaient chaque mouvement dans leurs os. À bord d'une jangada, on n'était pas sur la mer. On était dedans. Eaux sombres et froides, profondeur sans réponse. La jangada n'avait pas de proue. Un pas, et l'on sombrait dans cet abîme. L'eau était partout. Dans le sang. Sous la peau. Sous la terre. Le grand, le mince Jerônimo avait entendu dire que si on enlevait l'eau de la terre, elle se ratatinerait jusqu'à devenir aussi petite qu'une orange. Elle tiendrait dans une main. Le lien qui le rattachait à la mer était si fort que Jerônimo avait du mal à se tenir sur la terre ferme, il était pris de nausée. Pour se sentir en sécurité, il avait besoin du tangage sous ses pieds. Il fallait que la terre tremble beaucoup, que l'eau tremble beaucoup, que l'air tremble beaucoup pour se rendre compte que l'on n'était ni l'air, ni l'eau ni la terre. Mais uniquement soi-même. Un corps dans cette immensité frémissante, et que tout ce qu'il y avait à faire, c'était de garder ce corps debout.

La sortie commença comme toutes les sorties. C'était le *mestre* qui décidait de leur trajectoire et de leur position sur les flots. Le *mestre*, c'était Jerônimo, c'est lui qui avait le plus d'expérience dans ce rôle. Sauf que chacun savait que le *mestre*, c'était Jacaré. Jerônimo donnait les consignes. Mais c'était Jacaré qui portait la traversée.

Ils lâchèrent le fil où était accroché l'hameçon et prirent un *sapuruna* de taille moyenne. Jacaré avait beau pêcher depuis de longues années, il était toujours conscient de ce qu'il faisait. Il ne faisait pas que pêcher. Il arrachait un être à son univers. C'était un geste violent. Et si un pêcheur d'humains allait le tirer, lui, d'un seul coup, pour le projeter dans l'espace ?

Dès que le poisson touchait le bois du radeau, il se mettait à frétiller désespérément, luttant à chaque seconde pour sa vie. Les gros, ils les frappaient jusqu'à ce qu'ils ne bougent plus. Les petits, ils les laissaient mourir. Sans raison particulière. Ils finissaient par mourir de toute façon. Comme les hommes. C'est pareil. Leur souffle s'échappe de plus en plus lentement des branchies, il se tarit, mais soudain ils respirent plus vite, on dirait qu'ils reviennent avant d'expirer une dernière fois, profondément, pour ne plus jamais inspirer. Est-ce qu'il respire encore ? C'était la question qui concluait chaque vie. Qui que l'on soit, quoi qu'on ait fait. Est-ce qu'il respire encore. C'est la dernière question, la seule, et c'est la même pour tous.

Le soir venu, ils firent griller le poisson au-dessus de leur petit feu, près du mât, ils le mangèrent, s'attachèrent fermement au radeau avec des cordes et dormirent. Un lampion brillait dans la nuit, alertant les gros bateaux qui glissaient près d'eux en silence. Comme à chaque sortie. Ils continuèrent pendant quelques jours et laissèrent derrière eux la baie de Fortaleza. Leur Fortaleza, ce nez crochu sur la carte et dont on dit que c'est l'endroit où l'Amérique et l'Europe se sont rompues, autrefois. Mais dans Fortaleza, il y avait aussi « force ». Et qu'est-ce qu'un nez sinon l'avancée du corps, le roc où se manifeste sa force. Pour montrer quelque chose.

Pris dans le courant de Natal, ils ne connaissaient plus rien. Il fallait s'en remettre aux étoiles et à leur instinct. Si la jangada passait au-dessus de gouffres trop profonds, un tourbillon menaçait de les tirer vers le fond. Chacun des quatre pêcheurs faisait face à sa manière à cette situation neuve pour eux. Jerônimo le timide disait… ce qu'il y avait à dire, Tatá l'aîné dissimulait sa peur derrière son affairement, et Mané Preto lançait ses boutades et ses dictons au milieu de leur silence. « Vous vous êtes déjà retrouvés dans la gueule d'une baleine, vous savez à quel point ça pue ? Pendant ma dernière sortie, j'ai sauté de la jangada sur un gros rocher rond au milieu de l'eau, et d'un seul coup il s'est mis à bouger. Vous savez ce que ça fait, d'avoir une pieuvre sous les pieds ? »

Les habitants de l'île de Tikopia refusent de manger les pieuvres. Ils croient qu'elles sont le soleil, et que leurs tentacules sont ses rayons.

Chaque jour, Jacaré écrivait, il laissait des taches sur son papier. Le jus des poissons dégouttait sur la feuille, et le sang de sa main, et le sel de la mer qui ronge tout. À cause des taches, la feuille devenait sa feuille ; elles donnaient aux mots quelque chose que les mots seuls ne suffisaient à communiquer. Mais les mots n'étaient pas en lui. Ils étaient au-dessus de lui. Ils passaient par lui, et ils convoquaient quelque chose qui n'existait pas encore. Le mot existe avant ce qu'il nomme. Écrire, c'est faire apparaître l'air.

*

Si je dis qu'Orson Welles est toujours resté enfant, c'est qu'il donnait à voir ce que beaucoup ne voient pas. Parce que tout intellectuel qu'il était, il savait se ménager un accès que d'autres s'interdisent. Je le dis pour nous tous qui sommes restés enfants. L'enfant que nous étions n'a pas été échangé contre l'adulte que nous sommes, à quelque poste-frontière. Il n'y a pas non plus de métamorphose magique, comme une chèvre qui se transformerait en serpent. Non, l'enfant est là. Imaginons une machine de chantier. L'adulte est dans la cabine, il ordonne les choses, les déplace, reste mesuré. Mais en bas, c'est l'enfant qui remplit tout l'espace dans le ventre de la machine. L'adulte n'agit qu'en contrôleur silencieux. Qui ne connaît plus ce qu'il contrôle. Mais parfois l'ouvrier dans sa cabine suspend ses gestes ; il tend l'oreille et sent l'enfant qu'il est, au fond de son corps.

*

Jacaré percevait l'inconnu dans chaque murmure des vagues, il le voyait dans chaque algue cachée dans les profondeurs, quand elle tendait les bras vers eux. Jacaré n'avait pas peur. Ils s'éloignaient de leur foyer, de leurs cabanes aux toits de roseau, de la faim quotidienne au ventre des enfants, de l'injustice de la répartition des poissons sur le sable. Mais la vérité était la même partout. Et ils naviguaient, forts de cette vérité. Ils naviguaient vers le président comme jadis on marchait vers le roi. Mais sans désespoir.

Vois, nous venons réclamer notre droit.

Leur traversée était un signe. Elle dura si longtemps que le bruit s'en répandit, les gens se rassemblèrent sur les côtes pour les guetter, et ils applaudissaient même quand ils ne voyaient rien à l'horizon. Leur odyssée dura si longtemps que le président en personne finit par lever les yeux de son bureau et tourner la tête vers eux.

Soixante et un jours. Sans se douter de rien, ils franchissaient les brisants et les récifs, essuyaient des tempêtes. Une fois seulement ils se disputèrent. Ils parlaient peu, mais chacun sentait l'autre comme si c'était lui-même. Ils perdirent leur chemin, manquèrent plusieurs fois de tomber du radeau, ils souffraient de la faim, leur peau brûlait le jour et frissonnait la nuit. Bref, ils vécurent ce que les grands voyages font vivre. Mais tout ce que j'ai à dire vient d'une orange. Tient dans une orange. Car ce qu'il s'agit de raconter, ce n'est pas le voyage – c'est ce qui se passait à l'intérieur de Jacaré.

Enfant, il avait donné des noms aux vagues. À chaque vague qui déferlait vers lui. Lui, Manoel, fils de Manoel, petit-fils de Manoel, Jacaré. Son père et son grand-père n'étaient pas ressortis des flots. La disparition de son grand-père remontait à trop loin. Mais combien de temps avait-il passé sur le sable, à attendre que son père revienne. Ce jour-là, un orage avait mis le feu à l'océan. Sa mère avait dit, il rentrera demain, à cause de la tempête. Le lendemain, ils s'étaient installés au bord de l'eau, avec du pain et le reste de poisson, pendant des heures interminables, pleines de l'espoir de voir surgir à l'horizon la voile blanche du père. Le troisième jour, la jangada était revenue seule. Chavirée, la rame dressée comme un dernier salut. Incapable de raconter ce qui s'était passé. Elle resta muette, comme les arbres près du lac qui voient disparaître un corps sous la glace et n'appellent pas à l'aide, ne disent rien de ce qu'ils ont vu.

Ses nombreuses années de pêche avaient été un rude labeur pour Jacaré. Chaque jour, il devait garantir la survie de sa famille, qu'il retrouvait le soir, parfois le lendemain soir. Mais cette fois, la sortie se prolongerait. Jacaré n'appartenait plus à la terre. Mais au soleil, aux étoiles. Comme s'il avait rejoint cet horizon, cet au-delà où étaient son père et son grand-père. Un horizon qui ne trahissait rien. *Nous ignorons si la Terre est jeune ou vieille.* Nous savons seulement que le temps d'avant notre naissance et d'après notre mort est plus long que celui de notre vie.

Jacaré était là. L'horizon pénétrait lentement son âme, ce n'était plus la nature oppressante, menaçante ni même utile. C'était la nature qui s'incorporait en lui. Sous ses pieds l'océan était aussi vaste que son être. Il n'y avait rien de présomptueux là-dedans. Seulement la reconnaissance de ses possibilités.

Alors il pensa à sa mère. Elle lui avait parfois raconté comment, petite fille, elle s'était cachée sous un banc en bois quand des hommes avaient fait irruption dans leur cabane. Jamais elle n'avait pu oublier ce banc. Une vie dans la peur. À retenir sa vie. Cette peur, elle l'avait transmise à ses enfants. Même un rhume ne pouvait être toléré. Ni une larme, sans être tout de suite essuyée. Les bêtes ne le font pas. Elles n'essuient pas leurs larmes. À présent, il voyait nettement comment elle s'était coupée de son être. La vie étroite qu'elle s'était construite. En pensées.

Et la pensée est chasseresse.

C'est dans sa nature.

Elle veut chasser.
Mais que chasse la pensée ?
Elle chasse la douleur.
C'est la douleur que chasse la pensée.

La mer était lisse et paisible. Le soleil, haut dans le ciel, mince derrière les nuages. Puis les nuages s'écartèrent, dessinant une arche d'effroyable clarté sous laquelle ils passèrent. À un moment, ils entendirent des moteurs vrombir dans le ciel bleu, un avion leur lâchait des paquets de vivres. Mais des requins surgirent qui dévorèrent tout.

Les plus anciennes créatures. Un jour, tous les oiseaux, les amphibiens, les mammifères sont sortis de l'eau pour marcher sur la terre. Les poissons y sont retournés, des os dans la chair.

Mais les requins sont restés dans l'eau. Leur squelette n'est que cartilage. S'ils ne nagent pas, ils coulent. Un lion, on peut au moins le regarder dans les yeux, disait Jacaré. Mais les requins ne te regardent pas, ils sont impénétrables. Créatures sans âme, comme les libellules. Au bout d'un moment, ils furent si nombreux que Jacaré ne voyait plus que leur éclat métallique briller dans l'eau, tout près de ses pieds nus. Ils ne leur laissèrent rien à manger.

Quelques années après la disparition de Jacaré, dans un de ses films, Orson Welles est retourné dans le Nordeste brésilien. Ce sont les seuls mots qu'il ait jamais prononcés sur cette histoire. Lui : son personnage. Michael O'Hara, le marin, debout sur la plage sombre d'Acapulco. Le regard dans le lointain, tourné vers le passé, il se met à parler (et ses mots reprennent un passage du journal de Jacaré) : « Un jour, sur la bosse du Brésil, j'ai vu la mer si chargée de sang qu'elle était noire, et le soleil se couchait à l'horizon. Nous avons jeté l'ancre à Fortaleza, et quelques-uns se sont mis à pêcher. C'est moi qui ai fait la première prise. C'était un requin, et voilà qu'un autre requin est apparu, puis un autre, puis encore un autre, et soudain toute la mer grouillait de requins. Il y en avait toujours plus, et il y avait de moins en moins d'eau. Mon requin s'était arraché à son hameçon, et l'odeur, ou peut-être la puanteur, la vie qui le quittait à gros bouillons, tout ça avait attiré les autres et les avait rendus fous. Alors les bêtes ont commencé à s'entredévorer. Elles se dévoraient, tout à leur folie. La pulsion meurtrière était telle qu'on la sentait comme le vent qui vous brûle les yeux, et qu'on sentait la mort qui émanait de la mer. C'est la chose la plus terrible que j'aie vue de ma vie. Et vous savez quoi : de toute cette horde furieuse et sanguinaire, pas un seul requin n'a survécu. »

*

Les quatre pêcheurs firent halte à Recife pour acheter des provisions. Ils mirent pied à terre et on les mena au palais municipal. Jacaré consigna ce moment : « Nous avons foulé les beaux tapis avec nos pieds pleins de boue. Agamemnon Magalhães a fait comme s'il ne remarquait rien, et il nous a réservé un accueil chaleureux. » Dans la cathédrale, ils retirèrent leur chapeau.

Ils levèrent les yeux très haut et ne repartirent pas sans avoir fait une prière à saint Pedro. Sur leur radeau enfoncé dans le sable, ils posèrent une corbeille pleine de *rapadura*, de manioc, de *carne seca* et de bananes.

La traversée se poursuivit vers le sud ; ils dépassèrent Japaratinga et Maceió, cap sur Aracajú. Deux baleines les escortèrent pendant quelque temps. Elles nageaient près du frêle radeau. Les quatre pêcheurs manœuvraient la jangada par-dessus les vagues, qui n'étaient rien d'autre que l'empreinte de ces gigantesques corps. Ils restèrent ainsi des heures, leurs jambes brûlaient à cause des coups assenés par la mer. Les hommes synchronisaient tant bien que mal le mouvement de leurs corps avec le mouvement des baleines dans l'eau. Quand l'une d'elles leva sa nageoire, Jacaré eut envie de sauter pour la rejoindre. L'espace d'un instant, rien ne paraissait plus naturel à ses yeux. Alors qu'il sentait la puissance de l'eau sous la plante de ses pieds. Qu'il entendait le clapotis de l'eau contre le bois sombre. Qu'il voyait les vagues à portée de main. Le danger était là, on pouvait toujours tomber. Le danger et l'attrait. La mer appelait. Elle nous appelait sans cesse. Elle parlait sans cesse. Il n'y avait pas d'alphabet.

Sur chacune des pages de son journal, Jacaré traçait un grand « Z » en diagonale – recouvrant l'espace laissé libre par ses récits. Pourquoi ? Quelques mois plus tard, il serait au fond de la mer, muet : trop tard pour le lui demander.

Un mois environ après leur départ, au niveau de Canavieiras, une tempête se leva dans l'après-midi. Elle se réveilla en seulement quelques minutes. Un air lourd, rouillé. Sous leurs pieds la mer enfla comme la bouche d'un cratère, tandis que des bulles orageuses gonflaient dans le ciel. Jacaré avait déjà été témoin de cette colère le jour où son père avait disparu : la mer bouillonnait. Le vent et la pluie cinglaient violemment le radeau dans les airs. Ils enroulèrent en hâte la voile qui s'était déjà déchirée et ils se ligotèrent au mât avec des cordes. Les heures passaient, il faisait de plus en plus sombre. Rester accrochés au radeau qui les tabassait. Tenir, c'est tout : tenir. Comme quand ils avaient été plaqués au sol. La fin était déjà donnée. Le vent labourait l'eau, et soudain un cratère s'ouvrit dans sa surface. Jacaré ne savait pas s'il s'était formé dans son cœur, dans son ventre, ou si c'était son âme elle-même qui le fixait, mise à nu. Il ne savait pas si le cratère était dans sa tête. La seule chose qu'il savait : il était là. Il resta accroupi contre le mât pendant des heures, grelottant, les yeux rivés dans ce trou éblouissant d'écume, il aurait voulu s'y accrocher, mais il était si loin du cratère que c'était comme si son existence était niée. Jusqu'au moment où le cratère l'aspira. Il tomba dedans avec un *ffftt*, la spirale l'engloutit dans sa gueule d'écume froide, et il sentit soudain le sang qui brûlait et courait dans ses veines pétrifiées, la vie qui commençait au fond de ce trou.

Vint la nuit. À Canavieiras, une mère réveillait son fils d'une claque : il fallait qu'il prie pour les quatre jangadeiros. Au village, personne ne trouvait le sommeil. Mais le lendemain matin, le calme n'était toujours pas revenu sur l'océan. Le vent hurlait encore plus fort. Jerônimo, Tatá et Mané Preto se cramponnaient au mât.

Devaient-ils en jeter un à la mer, pour apaiser la furie des flots ?

Comme Jonas.

Des quatre, qui allait passer par-dessus bord ?

La mer se calmerait-elle enfin ?

Jonas est levé comme une ancre et jeté à la mer, dans la gueule effroyable qui l'attend. Et la grande baleine referme ses mâchoires, toutes ses dents couleur d'ivoire s'abattent telle une grille blanche et scellent le cachot. Alors Jonas, dans le ventre de la baleine, prie le Seigneur son Dieu. Mais écoutez-le prier, camarades. Il ne pleure ni ne se lamente. Car il sait que son châtiment est juste. Confiant, il remet son salut dans la main de Dieu. Il restera dans le ventre de la baleine pendant trois jours. Et même en cette panse de l'enfer, même depuis ce tréfonds du fond de la mer, Dieu a entendu sa prière. Et le Seigneur a parlé au poisson. Et du fond de la mer, de ces profondeurs glaciales et ténébreuses a émergé la baleine au grand soleil et elle a recraché Jonas sur la terre ferme. Et Jonas, écorché, fourbu, les oreilles bourdonnantes comme des coquillages, encore remplies du tourbillon assourdissant de la mer en furie, Jonas obéit au commandement du Tout-Puissant. Et ce commandement, quel est-il, camarades de la mer ? Il fallait qu'il prêche la vérité à la face du mensonge ! Ainsi parlait Orson Welles. Derrière l'un de ses cent visages, comme toujours. Dans un film, comme toujours. Quatorze ans après que la mer avait englouti Jacaré.

*

La tempête était comme une naissance. Et comme pendant une naissance, il n'y avait qu'une chose à faire : s'en remettre à une bonté supérieure. Aller avec elle. C'était le seul choix qui s'offrait à Jacaré s'il ne voulait pas mourir de peur.

Comme quand il avait dû se plaquer au sol. Deux portes. Deux entrées. Rien d'autre.

Celui qui marche sur un fil quatre cents mètres au-dessus du sol sans assurage, c'est grâce à la confiance qu'il arrive de l'autre côté. Il s'abandonne à la confiance. Les vraies forces sont les forces douces. Et c'est en se livrant tout entier à elles que l'on se libère des forces fallacieuses. Ce n'est pas dans un abandon hébété et muet que Jacaré se lia de nouveau à elles – mais simplement en reconnaissant leur existence. Du fond de son trou. De sa cuvette. Cerné par l'eau. Il y resta jusqu'à deux heures de l'après-midi, quand la tempête tomba. Un bleu s'étendit. Un bleu si beau qu'il piquait les yeux. Jacaré regarda Jerônimo, il avait le visage blanc comme marbre. « Reprenez vos places », dit-il. Le grand et sombre Tatá tremblait. Mané Preto ravaudait la voile. Jacaré tapa sur leurs épaules. *On recommence. On n'abandonne pas.*

Ce fut un nouveau crépuscule. Ils allaient vers le large, une pénombre scintillante au-dessus d'eux. Des étoiles luisaient à travers le brouillard ; elles les guidaient. *Estrela Daze, estrela da Canoa, estrela do Oriente, estrela do Norte.* Une boussole, avait dit Tatá à Fortaleza, une boussole, ça fera que nous gêner.

Le jangadeiro. Il doit savoir observer. Le ciel, le vent. Connaître tous les vents. Voir ce qui se passe. Ce qui s'annonce. Ce qui change. Il doit se mettre du côté de la terre. S'il veut y retourner. À la terre.

Leur espace n'était pas grand. Six troncs d'arbre pour deux mois. Jour pour jour. Ainsi les mots s'amenuisaient. Les pêcheurs se parlaient silencieusement. Ils gardaient la bouche close face à la mer, mais ils étaient en paix, en paix avec eux-mêmes et les autres. Quand l'un d'eux, en pleine nuit, grelottait au bord du radeau, son voisin se recroquevillait, pour lui faire de la place. Se faire petit, c'est cela qui était grand.

Qu'ils soient quatre avait aussi son importance. Quatre pieds soutiennent la table. Quatre points balisent l'espace. Quatre points cardinaux orientent la Terre. Quatre lettres détiennent la vérité.

Qu'était la vérité ?

Que les eaux qui sont sous le ciel se rassemblent en un seul lieu, et que l'élément aride paraisse. Ainsi commença la mer. Ainsi la séparation advint-elle dans le monde. Dès lors, une chose n'exista qu'en opposition avec une autre. Dès lors, il y eut une vérité et un mensonge. Mais avant cette séparation, la vérité, qu'était-elle ?

Pour Jacaré, c'était simple. La vérité, c'est ce qui est là. Et là, il y avait le vent, il y avait l'eau, il y avait le soleil, il n'y avait pas de poisson, pas de rivage, pas de Josefina.

Josefina était la lune.

Josefina était le fin contour de la côte que depuis si longtemps il ne voyait plus.

Josefina était la terre ferme sous ses pieds.

Une fois, au tout début, elle l'avait trompé alors qu'il était sorti en mer. Elle s'était laissée aller avec un autre, aveuglée par sa fausse lueur ; car rien ne ressemble plus à la vérité que l'illusion.

Et puis elle avait vu, elle avait compris. Sauf que la douleur déjà avait agi. Mordu le cœur de Jacaré. Inlassablement. Se transformant en une ombre qui se posait sur sa tête, l'oppressait. Mais là, sur ce radeau où il ne lui restait rien en dehors de la mer, des vastes flots, il vit que l'ombre était une ombre de papier. Qu'il se l'était construite tout seul. Ça faisait longtemps qu'il lui avait pardonné. Leur amour était devenu plus fort. Jour après jour. Tenait-il vraiment à traîner partout avec lui cette ombre de papier qu'il s'était fabriquée ; fallait-il la garder sur ce radeau où il n'y avait déjà pas de place ? Avait-il besoin de cette ombre ?

Alors il la froissa et la jeta dans la mer. L'ombre flotta un instant puis s'éloigna, se gorgea d'eau et disparut. Il avait beau plisser les yeux, Jacaré ne la voyait plus. Une infinie étendue d'eau. Du vert, du bleu, des éclats sombres. La mer était un miroir, dans lequel il ne se voyait pas. Plus il regardait l'eau, moins il savait ce qu'elle recelait en ses profondeurs, plus il y voyait ses propres démons. Et même s'il venait de jeter l'ombre dans l'eau, même s'il l'avait *vue* couler, la douleur revenait, rampante, raidissant d'abord sa main gauche, puis son cœur. Il ne trouvait plus le repos. Et l'écume, cet air enfermé dans le sombre sillage du radeau, l'écume, qui frappait la jangada sans relâche et débordait sur ses pieds, le laissait seul avec ses pensées. Celles qui cherchent la souffrance. Celles qui chassent la douleur. Mais lui, Jacaré, avait le choix : soit ses pensées chassaient la douleur pour l'accroître, soit elles la chassaient pour l'en délivrer. À condition qu'elles la capturent. *Capture-la, Jacaré.* Et les détails de la trahison se révélaient, chaque détail plus torturant, et pourtant il lui semblait qu'ils attendaient le bon moment où il pourrait les supporter. Tout mensonge finit par toucher la lumière. Et il se dit alors que la vérité était reliée au temps. Parfois c'est seulement le temps, le temps et personne d'autre qui décide ce qu'il veut révéler. Il fallait le savoir. On en savait moins long que le temps.

Jacaré pressait son dos contre le radeau. Le soleil apparaissait à l'horizon, faible encore. Les nuages, une procession en clair-obscur. Il voyait au-dessus de lui les mouettes, avides de poissons, les urubus qui encerclaient les falaises, les nuées d'oiseaux ordonnés comme les bancs de poissons en une constellation secrète. Il entendait leurs cris, leurs appels emportés par le vent. Ils avaient dépassé Baía de Todos os Santos, ils mettaient le cap sur Vitória. Presque deux mois qu'ils étaient partis. Des îles rocheuses se dressaient dans l'infini bleu et vert de l'océan.

Poissons, hommes et oiseaux, tous finissent par disparaître. Mais la pierre reste. Elle raconte la terre. Les vagues frappent les rochers, explosent à leur contact. Le minéral, la pierre donne. Comme la lumière. La lumière donne la lumière. Elle n'a besoin de rien. Ne reçoit rien. Comme la pierre. La pierre donne à la terre. La terre à l'humain. Les humains ont des besoins. Ils reçoivent. Mais pas la pierre. La pierre est là pour donner.

« Ces jours-ci, le vent n'était pas notre ami », écrit Jacaré dans les dernières pages de son journal. Quelques centaines de miles avant Rio. Parfois un vent du sud-ouest soufflait faiblement qui les renvoyait vers le nord. Mais la plupart du temps, le vent tombait. Il fallait ramer. Après les centaines de milliers de coups qu'avaient encaissés leurs jambes… c'était au tour de leurs bras. L'eau était si lourde qu'il leur semblait labourer des mètres de sable. Ils ramèrent pendant des jours. Le courant les emportait à la dérive, et ils recommençaient depuis le début. Les bras broyés. Leur visage, leur corps, leurs énergies, essorés. Ils n'étaient plus rien. Un petit tas de misère qui ramait.

Mais l'esprit était encore là. L'esprit donne vie au corps. Ce n'était pas un savoir, c'était du vécu. Plus le corps s'amoindrissait, et avec lui la fierté, les luttes, la volonté de s'accrocher, plus cet esprit se montrait fort. Sous chaque os, sous chaque veine, il vivait. Il était le premier arrivé, le premier à partir. Quand on vient au monde, le corps est encore en devenir, ça coince et ça enfle, ça dure, le temps de pouvoir tenir sa tête droite, d'attraper ses pieds ; l'esprit est là, entier.

Quand on est mort, c'est l'inverse : mou, blanchi et démuni, le corps est étendu par terre ; l'esprit n'est plus là. Jacaré l'avait vu clairement, sur le visage de son cousin : l'esprit n'était plus là. Il est donc ce qui relie un monde à l'autre. Il va et vient, à travers le corps. Qui n'est rien qu'un réceptacle. Et le leur était sur le point de se briser.

Tatá était recroquevillé sur lui-même contre le mât. Mané Preto rendait ses tripes. Jerônimo ramait toujours, les yeux fermés, lentement. La mer sentait le poisson pourri. Jacaré ne savait même plus s'ils finiraient par arriver, il ne s'en souciait même plus. Il ne s'agissait pas de le savoir. Seulement d'y croire.

« On ne baisse pas les bras », dit Jacaré, il s'attacha au mât, et il attacha les autres, pour qu'ils ne tombent pas à l'eau de fatigue et de faiblesse. « Imaginez que la jangada arrive sans nous à Rio ! » Il n'oubliera pas les yeux de ses amis, si proches des siens, il y lisait, profondément. Le vent est le cœur de l'océan, disent les pêcheurs. Le muscle le plus puissant de la mer. Il ne travaillait plus. Qui le fait travailler ? Aux abords de

Cabo Frio, ils jetèrent la lourde pierre qui leur servait d'ancre. Elle fit un bruit sourd en tombant dans l'eau, ils dormirent une nuit sur la mer étale. Patience. La patience engendre la patience. Et il leur en fallait des trésors. Pas pour ne plus rien faire. Mais pour être prêts quand l'heure arriverait.

Au matin, Jacaré fut réveillé par le soleil qui lui brûlait la peau. Elle tirait, tendue, sanguinolente. Tout le reste de son corps était gourd. Il n'avait plus de muscle, plus d'os, rien que de la peau qui se détachait. Roulé en boule sur le radeau, il ne pouvait plus ouvrir la bouche tellement elle était sèche. Une odeur de moisi, de bois humide, de décrépitude. Et pourtant. Dans cette faiblesse même il sentait en lui une pointe légère qui le faisait tenir. Comme un fond marin. Le fond existait. Il ne le laisserait pas tomber. Il le porterait. Silencieusement, il demanda un verre d'eau. Un verre d'eau. Il aurait donné tout l'univers pour un verre d'eau. Et il se rendormit. Pendant des heures. Soudain le visage de Jerônimo apparut au-dessus de lui, le jerricane d'eau toucha ses lèvres. Il frissonnait. Un souffle frais passa sur sa peau, et il lui fallut quelques années-lumière avant de comprendre. Le vent s'était levé. Le vent était là. « Debout, dit Jerônimo, on est presque à Rio. »

Alors tout alla très vite. De Cabo Frio, par vent favorable, on n'était qu'à quelques heures de Rio. Le ciel sans nuage, le soleil haut, et dans l'eau le plancton qui scintillait à éblouir. Un oiseau volait juste sous leur nez depuis un moment, comme pour leur montrer le chemin. Jacaré puisait sans cesse de l'eau et éclaboussait la voile pour que le vent s'y accroche. Il regarda autour de lui. Le visage de Tatá ressemblait à un masque calciné. Il était creusé jusqu'à l'os, comme Jerônimo et Jacaré. Seul Mané Preto s'était conservé. Bébé, sa mère le nourrissait de beurre, elle n'avait rien d'autre. Cela lui avait valu longtemps le surnom de *mantequinha*. Un enfant petit-beurre, c'était peut-être sa chance, à présent.

La mâchoire de Jacaré était tendue à se briser, sa tête vibrait comme un énorme gong. Mais qu'était-ce en regard de ce qui les attendait. Quelle émotion quand la côte de Rio leur apparut, un trait vert scintillant à l'horizon. Quelle émotion au premier bateau venu à leur rencontre : un pêcheur qui prenait la mer les salua d'un geste paisible. Et dans ce salut, il y avait toute la condition du pêcheur, l'accord passé avec la mer, les poissons, le ciel et Iemanjá, la déesse de l'océan, la protectrice. Quelle émotion encore de contourner le Pão de Açucar, de ressentir la force de la pierre. D'entendre les sirènes des bateaux. D'entamer le virage. Deux falaises, un fort. De voir la foule réunie sur la plage, de chevaucher la dernière vague. À nouveau, il leur fallait franchir cette ligne, ce seuil de la mer à la terre. Ni trop vite, ni trop lentement. La mer pouvait faire chavirer la jangada à cet instant précis. Ils se concentrèrent une dernière fois, bandant leurs dernières forces. Ils fléchirent les genoux, tirèrent sur la corde pour amener la voile, en faisant contrepoids avec leur corps. Un bruyant clapot déferlant. Et ils y étaient.

Une fanfare jouait, les voitures klaxonnaient en passant, les gens applaudissaient, la plupart n'avaient encore jamais vu de jangada. Les quatre pêcheurs firent un pas dans le sable, un premier pas sur le sol de Rio ; et c'est là qu'une métamorphose eut lieu.

Car malgré leur état misérable, voilà qu'ils n'étaient plus les pauvres hères malades et rachitiques du Nordeste. Ils étaient brésiliens.

Ils avaient abattu la distance de la côte brésilienne presque de bout en bout, sur un radeau et, centimètre par centimètre, ils avaient ainsi conquis le droit d'être des hommes égaux à tous les citoyens de ce pays. Les mots n'auraient servi à rien. Leur présence le clamait.

Tout semblait avoir été préparé pour les accueillir. Une grue hissa le *São Pedro* et les quatre jangadeiros sur la plateforme d'un camion. Le véhicule démarra lentement de la praça Mauá, puis le cortège longea l'avenida Rio Branco. Partout des têtes, des milliers de têtes à leurs pieds. Des milliers de mains, les saluant. Ils avaient quitté la mer et voguaient maintenant sur cette foule. Des fenêtres pleuvaient de petites feuilles blanches. Jacaré aperçut son reflet dans une vitrine, son visage étrangement lisse. Il préférait ne pas imaginer où le convoi les menait, si naturellement. Car c'était le président qui à présent voulait les accueillir. Ce n'étaient plus les pêcheurs qui rêvaient d'être accueillis par le président. Lorsqu'ils arrivèrent au palácio do Guanabara, le grand portail s'ouvrit et toute la foule s'engouffra avec eux, agglutinée au pied de la jangada.

Jacaré était encore un enfant quand une fête fut donnée à Praia de Caponga, son village. Une roulotte avait été installée sur la place du village, et le petit Jacaré avait une pièce. Pour un billet de tombola. Le quatre était déjà son chiffre préféré, sans qu'il sache quand ni pourquoi ça avait commencé. Tous ses animaux avaient des noms en quatre lettres. Tout ce qu'il aimait. Et le quatre ressurgissait dans sa vie sous de nombreuses formes. C'était le chiffre qui faisait tout tenir.

Ce jour-là, il avait plongé la main dans le grand seau rempli à ras bord en pensant au chiffre quatre. Et à quatre fois quatre, qui font seize, le plus grand nombre que peut atteindre le quatre s'il veut rester un quatre. Et d'un seul coup, il avait su : s'il restait relié à ce chiffre seize, il tirerait le gros lot : le seul qui indiquait « Au choix ».

Il était descendu au bord du ruisseau qui passait en grondant près de la place du marché. Il avait un peu le vertige. Devant le ruisseau il y avait une clôture, et Jacaré avait compté les pieux de bois aussi loin qu'il pouvait compter. Il se sentait tout chose, les voix, la musique et le vendeur de billets s'estompaient ; il était étrangement loin du monde et à la fois au centre de son point le plus brûlant. Au seizième piquet, il avait pris son billet et à cet instant il était le billet qu'il avait déplié et appliqué contre le bois, face cachée. Sans voir ce qui était écrit, il savait, oui, il savait : s'il n'avait pas tiré le bon billet, le billet, sur-le-champ, deviendrait le bon. Comme si, à cet instant, il avait été relié à la force qui dans le monde met tout en mouvement. Car elle existe. Il avait fermé les yeux, retourné le bout de papier, ouvert les yeux : « Au choix ».

La sensation de sa propre insignifiance l'avait traversé. Mais il avait senti en même temps qu'il pouvait tout atteindre à condition de toujours faire ce en quoi il croyait. Il pouvait entrer en contact avec cette force qui existait, ça ne dépendait que de lui. Il rentra chez lui avec un gros singe en peluche. Il pouvait choisir ce qu'il voulait. Mais est-ce que ce n'était pas toujours le cas ? Est-ce que ça n'avait pas toujours été son sort ? N'était-ce pas Dieu qui le lui avait mis dans la main ? Qu'est-ce qui l'avait conduit jusqu'ici ? Sa volonté, du plus profond de son cœur – et les quatre sur un radeau.

Un escalier montait jusqu'au palais, le président les attendait, juste à l'entrée, flanqué de deux ministres. Haut dans le ciel, le soleil dardait ses rayons sur leurs vêtements trempés. Jacaré s'engagea sur les premières marches, ses jambes tremblaient, à ses côtés Jerônimo, Tatá et Mané Preto. En chemin il lui avait fallu dire deux, trois phrases dans un micro qu'on lui brandissait sous le nez. « Quelle a été la plus grande épreuve de votre voyage, Jacaré ? – Parler dans ce micro. » La foule avait éclaté de rire. Dès lors, ce fut Jacaré qui parla. Si un journaliste s'adressait à Tatá ou Jerônimo, ceux-ci répondaient : « Jacaré a déjà dit ce qu'on en pensait », et Mané Preto ajoutait : « C'est vrai, peu importe lequel d'entre nous parle, parce qu'on n'a pas de chef. En quittant Praia de Iracema, on s'est juré qu'aucun de nous ne se mettrait plus haut que les autres. »

Toujours pieds nus, leurs vêtements en loques et puants, les voilà enfin arrivés devant Getúlio Vargas, qui les accueille d'un aimable sourire et serre la main de chacun. Puis Jacaré demande la parole.

Une voix bâillonnée pendant mille ans. Elle parle de tout son corps. « *Senhor presidente*, nous sommes plus pauvres que les vautours, car les vautours ont pour toit les arbres sous lesquels ils peuvent dormir en paix et en sécurité. » S'ils sont venus à Rio, c'est pour lui exposer leur situation, à lui, le président, qui est aussi un père pour eux, et pour demander son aide. Non pas en leur nom, mais au nom de tous les jangadeiros. Jacaré parlait désormais avec la force et la résistance des vagues : « Nous avons confiance en vous, *senhor*, et nous croyons que nous repartirons de Rio porteurs d'une bonne nouvelle pour nos frères du Nordeste. »

Un long silence suivit. Le président redressa les épaules et prit la parole. Il voulait faire du Brésil l'État le plus social, le plus moderne au monde. Et eux, les jangadeiros pouvaient être sûrs qu'ils obtiendraient les mêmes droits que tous les autres. Au cours des prochains jours, ils pourraient tout raconter sans crainte, le gouvernement les écouterait. La foule applaudit. Les quatre pêcheurs serrèrent la main de Vargas. Le président était déjà en train de gravir les dernières marches lorsqu'il se retourna et dit à Jacaré : « Ne vous inquiétez pas, on va vous venir en aide. Votre peine n'aura pas été vaine. » Et quand Jacaré qui avait regardé le président dans les yeux se retourna lui-même et vit à ses pieds tous ces gens qu'il ne connaissait pas, qu'il n'avait jamais vus mais qui le regardaient, eux si étrangers à sa vie dans la cabane au toit de palme à Praia de Iracema, il comprit que tout était lié. Sa vie était liée à tout. Tous les humains entre eux. Qu'ils le veuillent ou non. Tout comme, sans le savoir, il était lié à Orson Welles.

*

L'année où les quatre pêcheurs se lancèrent dans leur odyssée, un certain Walt Disney se rendit lui aussi à Rio. L'homme à la coquette moustache y rencontra des politiciens qui lui soufflèrent l'idée de tourner un film sur le Brésil. Il s'agirait de montrer le pays sous son meilleur jour ; et on n'avait rien contre l'apparition d'une souris. Loin de la guerre mondiale qui venait d'éclater, le Brésil de Getúlio Vargas, le visionnaire, voulait se réinventer. Walt Disney nota l'idée au crayon sur une serviette qu'il rapporta en Amérique et qui, à partir de là, poursuivit son chemin. Car l'Amérique aussi était intéressée par un tel film, quoique pour des raisons bien différentes. On avait entendu dire que les Brésiliens avaient des sympathies pour l'Allemagne nazie – elles s'élevaient à l'horizon, troubles et vacillantes. Un film pourrait renforcer les bonnes relations de voisinage entre l'Amérique et le Brésil, et conduire à une alliance si l'un des pays s'engageait dans la guerre. Ainsi l'idée de réaliser une « carte postale de l'Amérique latine », sous-tendue par des intentions voilées et dissimulées, prit-elle une forme plus concrète.

Et personne n'était plus indiqué pour tourner ce film que le nouvel enfant prodige d'Hollywood.

Orson Welles travaillait alors à son deuxième film, *La Splendeur des Amberson*, qui allait surpasser *Citizen Kane* en virtuosité.

Les Amberson du film sont issus de la bonne société du XIXe siècle, tout comme la famille Welles ; « à cette époque, toute femme parée de soie et de velours connaissait toutes les autres femmes parées de velours et de soie ». À cette époque, on avait du temps pour tout : promenades en luge, bals et conversations. Mais ça ne préserve pas du malheur : la mère décède prématurément. Au début du film, George, le fils, déboule dans la ville à bord de sa petite calèche attelée à un poney ; ses boucles en tire-bouchon virevoltent au vent, et il culbute sur son passage tout ce qui n'a pas le temps de sauter à l'abri. Comme le petit George Orson Welles, un homme-enfant que rien ne pouvait freiner dans son élan pour faire connaître tout ce qu'il avait à montrer, à dire, à vivre.

Rien d'étonnant, donc, à ce que le réalisateur ait dit oui au président Roosevelt quand celui-ci le pria de bien vouloir se rendre au Brésil avec une mission spéciale. Or l'homme dont les prouesses radiophoniques avaient causé l'émoi de l'Amérique en rendant crédible une attaque de Martiens, plongeant ainsi la moitié de la population dans une panique intergalactique, ce même homme prit dès le départ le parti de la réalité. Il imagina un titre – *It's All True* – sans même savoir de quoi il parlait. Pour composer son portrait de l'Amérique du Sud, Welles voulait réaliser quatre épisodes. Les origines de la samba, le carnaval de Rio, l'amitié d'un jeune garçon avec un taureau.

Il lui manquait une quatrième histoire.

*

Jacaré, Tatá, Jerônimo, Mané Preto restèrent deux semaines à Rio. Il ne fallut pas plus longtemps au président pour ancrer dans la constitution une loi octroyant aux pêcheurs du Nordeste les mêmes droits qu'à n'importe quel ouvrier du pays. Eux qui étaient arrivés parés du suc du *cajueiro*, ils quittèrent Rio en costume sombre et grimpèrent dans un avion qui les ramena à Fortaleza en sept heures et vingt et une minutes, un nouveau record. Leur jangada *São Pedro* devait d'abord rester à Rio. La mer leur apparut à travers les petits hublots et Jacaré se demanda si elle était aussi profonde qu'ils étaient hauts. Il sentait l'avion creuser sa route dans les airs, comme la jangada dans les flots. L'air secouait la carlingue avec la même force que l'eau. Mais quand il se mit debout et marcha sur l'étroite allée entre les sièges, il ne le sentit plus. L'air ne saisissait pas ses pieds, ne lui meurtrissait pas les genoux. L'air n'atteignait pas son corps.

Jacaré ne cessait de relire la lettre que lui avait adressée sa fille Maria Olímpia, surnommée Baiana. *Papa, reviens vite. Tu nous manques tant.* Quand ils descendirent enfin de leur boîte de conserve argentée, ils virent leur ciel, grand et large comme dans une peinture, envahi de nuages figés de chaleur. En dessous, une foule rassemblée. Mais Jacaré ne voyait qu'une seule personne. Leurs yeux se trouvèrent et passèrent de l'un à l'autre dans l'infini, ou dans l'âme, c'était la même chose. À cet instant, Jacaré savait que la vie entière les attendait. Ensemble. Leur amour avait acquis une solidité à toute épreuve.

Le pays tout entier avait célébré les jangadeiros en héros, mais ce n'était rien comparé à l'accueil qui leur fut réservé à Fortaleza. Des fêtes, des réceptions, des accolades, des mains sur l'épaule, des médailles, des poissons baptisés « Jacaré », des crabes qui valsaient en leur honneur. Jacaré en avait la tête qui bourdonnait. La nuit, il ne trouvait plus le repos. Il passait la main dans les cheveux de ses enfants endormis au creux du hamac. Il sortait, plongeait les pieds dans l'eau, parlait aux méduses, demandait conseil à un *cajueiro*. C'était sa plage. Le scintillement blanc de l'écume sous la lune, le miroitement de l'eau. Jacaré ne ressentait plus aucune douleur. Tout lui semblait incroyablement limpide. Les épreuves qu'il aurait à surmonter pour parvenir à une meilleure place. Il pensait à leur épopée. À la tromperie de Josefina. À son père, le berger à la canne. Les milliers de mains qui s'agitaient à Rio. La jangada sur le camion. Le chagrin chaque fois qu'il avait fallu céder les poissons. Et toutes ces choses étaient semblables.

Ce qu'elles avaient en commun : elles appartenaient au passé. Toutes ces choses, révolues. Seule la mer perdurait à ses pieds. Cette mer rugissante qui n'oppressait pas la terre, ne l'attirait pas vers un centre. La mer était là. Il était là. Maintenant, une nouvelle vie pouvait commencer.

*

Deux mois plus tard, les Japonais s'abattaient sur Pearl Harbor. Le lendemain, le 8 décembre 1941, l'Amérique entrait bel et bien en guerre, et le *Time Magazine* publiait un article intitulé « Quatre hommes sur un radeau ». Orson Welles prenait son petit-déjeuner à Los Angeles, et après avoir lu toutes les nouvelles de la guerre il découvrit cette petite histoire porteuse d'espoir. Quatre pauvres pêcheurs du Brésil qui, sur leur radeau, avaient franchi toutes les frontières sociales et s'étaient frayé un chemin jusqu'au président pour lui demander son aide. Si simple, si droit. Au bout de la pièce, au bout de la ville, la speakerine continuait à parler indistinctement dans le poste. Welles posa sa tartine et laissa le café refroidir dans sa tasse. Quelque chose s'ouvrait en lui. Il avait trouvé sa quatrième histoire.

Deux ou trois semaines plus tard, Roosevelt se rappela au bon souvenir de Welles. Il était temps que l'Amérique du Nord fasse la connaissance de l'Amérique du Sud. Et que l'Amérique du Sud aime l'Amérique du Nord. Il était temps que le film se fasse.

*

La vie à Praia de Iracema continua d'abord comme à l'accoutumée. Chaque matin, ils embarquaient à l'aube pour revenir le soir. Mais désormais, ils ne payaient plus qu'une petite location pour le radeau à la Colónia dos Jangadeiros, gardant pour eux le fruit de leur pêche. Tous les poissons. C'était le premier changement. Le deuxième : l'inéluctable. Plus la crête de la vague est haute, plus le reflux est violent. Les gens se mirent à parler, l'encre à couler, les messes basses à se diriger de plus en plus contre Jacaré. Le héros qui parlait trop. Qui se croyait meilleur que les autres. Qui avait noué à Rio des contacts suspects, avec des dirigeants communistes. Qui… Comme souvent, trop souvent quand quelque chose de beau et de grand se produit, le serpent est là qui se tient aux aguets, prêt à tout dévorer. L'envie cherche des chemins détournés jusqu'aux portes de l'âme, elle falsifie les sentiments, utilise les humains à ses propres fins. Car ils ne savent pas ce qu'ils font, quelle force les pousse, à qui ils donnent la leur.

Je vais vous dire.

Depuis la séparation de la terre et des eaux, il y a très, très peu de choses qui soient vraies. Depuis que les choses sont séparées, les hommes ont cessé d'être vrais. Ils se sont mis à faire semblant de n'avoir pas vu ; d'en avoir vu davantage. Ils se sont mis à ne rien dire. Ou à dire le faux. Ne pas dire qui ils sont, ou ne pas savoir qui ils sont. Tout était pareil : pas vrai.

Les gens finissent même par mourir sans savoir qui ils sont. Parce qu'ils ne peuvent plus voir le filet. Depuis la séparation de la terre et des eaux, la vérité et le mensonge sont des voiles. Au lieu d'aller au fond des choses, on s'est contenté de mettre des couches par-dessus, un voile après l'autre. Comme s'il y avait de grands et de petits mensonges, des vérités plus ou moins hautes. Mais il n'y a qu'une vérité. Un fond. Un filet. Sous la pierre. Sous le chant des oiseaux. Sous la clameur des grues.

Sous chaque mot, chaque regard, chaque être.

Jacaré voyait dans les yeux des autres une chose qu'il abhorrait : les gens posaient des questions sans en poser vraiment.

Ça leur permettait de trouver tout seuls leurs fausses réponses.

Certes, Jacaré souffrait des accusations qui pesaient sur lui, mais il avait appris une chose simple. Si quelqu'un voulait lui donner un paquet de choses pourries et qu'il ne l'acceptait pas...

... qui gardait le paquet ?

*

Orson Welles avait terminé le tournage de son premier épisode à Mexico, l'histoire de l'amitié entre le jeune garçon et le taureau. Il atterrit à Rio dans les premiers jours de février 1942, au début du carnaval. Welles avait failli naître à Rio. Ses parents vivaient au Brésil et avaient regagné l'Amérique un mois avant sa naissance. Et voilà qu'il allait fêter pour la première fois son anniversaire à Rio, vingt-sept bougies. C'est ce qu'il racontait à l'un des bals du casino ou dans la rue. Il utilisait les phares d'un vieil avion en guise d'éclairage pour pouvoir filmer de nuit les silhouettes des danseurs et des danseuses dans leurs habits bariolés. Il ne savait pas exactement ce qu'il filmait. Il n'avait pas de script. Il était le script. Sans compter qu'il était constamment préoccupé par le montage du film des *Amberson* qui laissait présager un désastre. Les spectateurs des séances de test avaient descendu le film en flèche, et, pris de panique en l'absence de Welles, le studio s'était mêlé du montage. Les télégrammes fusaient entre Rio et Hollywood, ce qui n'empêchait pas les consignes de Welles d'atterrir dans la corbeille. Trop de mains avaient déjà monté et démonté le film, si bien que la version de Welles avait été amputée de quarante-trois minutes. De sa vie, il ne pourrait regarder le film sans avoir la poitrine serrée. C'était aussi sa famille qu'il avait racontée à travers les Amberson, sa famille qui était racontée de travers. La carriole du petit George avait été renversée en plein élan. Ce fut peut-être aussi cette déception qui conforta Orson Welles dans son désir de filmer quelque chose qui avait véritablement eu lieu. Qui ne pourrait être coupé au montage.

Ainsi, sans mot dire, il s'éloignait de la carte postale.

Il se mit à chercher les racines du carnaval dans les favelas, filma une cérémonie vaudoue dans le quartier pauvre, montra des Noirs plutôt que des Blancs. Et il projetait de faire venir au plus vite les quatre pêcheurs à Rio, pour raconter leur histoire. Il n'y changerait rien. Ces hommes n'étaient pas faits d'attentes. Ces hommes avaient accompli quelque chose.

*

Un garçon apporta un télégramme dans la cabane de Jacaré. C'est ainsi qu'il apprit la nouvelle : un grand réalisateur d'Hollywood voulait filmer leur histoire. D'abord, Jacaré crut qu'il ne savait plus lire. Les lettres tourbillonnaient dans sa tête. Mais quand il montra le télégramme à la petite Baiana, qui à dix ans allait maintenant à l'école, elle lui répondit seulement : « Tu vas repartir, papa ? »

La nuit portait conseil, il dormit, discuta avec Josefina, et accepta. Jerônimo, Tatá et Mané Preto s'étaient déjà déclarés partants. Jacaré se demandait bien ce que ça pouvait vouloir dire : jouer dans un film. Mais il était heureux de montrer aux gens ce qu'ils avaient vraiment fait. De les faire participer à leur périple en mer. Peut-être qu'ils comprendraient. Et l'argent qu'ils recevraient : à Josefina et lui, ça leur donnerait de quoi vivre une année entière. Désormais, ils avaient neuf enfants à nourrir. Le plus petit n'avait pas deux mois ; ils l'avaient nommé Pedro, comme le *São Pedro*, la jangada qui les avait portés si loin et qui attendait maintenant qu'ils reviennent à Rio.

Josefina hésite. Elle a un mauvais pressentiment. Elle n'aime pas ça, qu'il reparte. Pas encore, pas déjà. À nouveau elle rêve de son visage qui s'efface en un rictus. Mais elle reste silencieuse. Ne lui dit rien. Plus tard elle ira le raconter au soleil. Le soleil. Il faut que le soleil l'entende. Lui qui était déjà là quand ici il n'y avait rien.

Jacaré serre dans ses bras ses enfants qui ont couru avec lui sur la dune pour rejoindre la route de sable. Il porte le costume et le chapeau de son retour victorieux, descend la route en faisant de grands signes, encadré de palmiers.

À quatre-vingt-quatre ans, Baiana en garde un souvenir vivant. Cette dernière image de lui. Papa descend la route. Il ne prend pas le large avec son radeau. Il descend la route.

Josefina descend jusqu'au port où attend le bateau, son nouveau-né dans les bras, Pedro. Jacaré la presse contre lui, fort, longtemps. Il y a tant de choses qu'il voudrait lui dire. Ou simplement qu'il l'aime. Rien que ça. Ça, chaque jour. Il l'embrasse, prend le bébé une dernière fois dans ses bras. Plonge son regard dans ses yeux et voit : on ne naît pas seulement, on n'est pas seulement engendré. On vient de très loin.

Et on va loin.

*

Pour leur premier rendez-vous, les pêcheurs et le réalisateur se retrouvent au Copacabana Palace. Jacaré pénètre dans l'hôtel, entièrement blanc. Un parfum de lavande. Ses pieds s'enfoncent dans la moquette moelleuse. Il voit aller et venir des gens qui se comportent comme si chacun les connaissait. Des chiens retenus par des laisses. Des fleurs qui, dans des vases immenses, sont touchées par des humains, non par la nature. *Des femmes parées de soie et de velours qui connaissaient toutes les femmes parées de velours et soie.* Orson Welles est dehors, assis au bord de la piscine. Il fume une cigarette, porte une chemise blanche. Jacaré ne voit que ses joues rebondies et son front pleurnichard. « Bonjour, monsieur Welles !

– Bonjour, *senhor* Jacaré ! »

Ils se serrent la main. Des mains qui racontent des histoires si différentes, fraternelles à présent. Unies pour toute une vie.

Orson Welles demande à Jacaré de raconter leur traversée, il l'interrompt, pose des questions. Un interprète traduit leurs mots dans la langue de l'autre. Welles rit du clair humour de Jacaré, ça réveille quelque chose d'euphorique en lui, comme une coupe de champagne. Quelque chose est neuf, différent. Peut-être parce que, pour la première fois, il voit comme dans un miroir les paquets empilés devant son esprit. George Orson Welles, formé aux *dinner parties* de sa mère, débordant de talent et portant en lui des trésors de créativité – c'est lui-même qu'il doit trouver. Toucher pour mettre de l'ordre. Ça ne pouvait passer que par une simplification de son être. C'était la voie. C'est toujours la même. Au plus simple. Ce qui ne veut pas dire simple ou pauvre, mais essentiel. C'est cela qu'Orson voyait en Jacaré. Qui l'incarnait, tout naturellement. À la fin de leur conversation, Orson Welles demanda un autographe à Jacaré le pêcheur, qui n'était plus seulement un pêcheur mais un héros, et bientôt son acteur. Jacaré, qui n'avait jamais entendu parler d'Orson Welles, signa sur un bout de papier, en lettres enfantines. Avant de sortir de l'hôtel tout blanc pour retrouver le soleil, il lui dit : « Monsieur Welles, même si vous faites toujours une tête de *bebê chorão*, tout ira bien. »

*

Les jours qui suivirent, Jacaré répara les trous dans la voile du *São Pedro*, il ponça le mât, chacun de ses gestes remerciait la jangada de les avoir fait naviguer, lui et les trois autres, par une voie sûre jusqu'à Rio.

Le réalisateur sortit pêcher avec lui. Quelques mètres à peine et, déjà, on aurait pu mettre ses habits à sécher, un morceau de bois branlant sous les pieds, la mer qui le chahutait, lui passait sur le corps, mais avec Jacaré il était en sécurité. Jacaré laissa Orson Welles élever la voile en tirant sur la corde, puis il lui signifia de se taire, lui fit les gros yeux comme il s'apprêtait à entonner une aria. Le jangadeiro était maître dans l'art de garder le silence. Le berger du sertão perd ses bœufs quand il ne crie pas au bon moment, le jangadeiro sur la mer perd son poisson à cause d'un seul mot prononcé. Le pêcheur montra au réalisateur les principaux signes de main. Puis Jacaré laissa glisser sa ligne et ses yeux au fond de l'eau. Il était lié à ce qu'il faisait. Parce qu'il s'y consacrait corps et âme. Il pensait au poisson. Pas à lui. Pas à son désir de poisson. Il pensait seulement au poisson.

Jacaré continuait d'appeler Orson Welles *bebê chorão*, entre autres parce qu'il ne savait pas prononcer son nom. Comme si le pêcheur avait atteint d'emblée l'âme d'enfant qui pendant toute une vie chercha de nouveaux masques, qui, dans la posture de l'arbre robuste, pleurnicha sur les injustices qui lui étaient faites et allait devenir l'un des plus grands génies de l'histoire du cinéma. Mais dans les yeux d'Orson Welles, Jacaré vit aussi le respect qu'ils découvraient l'un pour l'autre, comme un petit trésor, et il se mit ainsi à l'appeler Arabaiana, du nom du poisson le plus noble qui nageait à l'époque le long des côtes du Nordeste brésilien.

Orson Welles s'envola pour Fortaleza où il resta trois jours. Il y rencontra Jerônimo, Tatá et Mané Preto, participa avec eux à une régate de jangada, au cours de laquelle il manqua d'être assommé par un mât, sauvé de justesse par le président du club des jangadas qui se blessa légèrement en retenant la voile.

Quand Orson Welles revint à Rio, tout sourire au sortir de l'avion, un chapeau de jangadeiro était posé sur sa tête. Les pêcheurs le tressent avec des feuilles de palmes sèches et le badigeonnent de laque blanche pour qu'il soit efficace contre le soleil. Jacaré secoua la tête en riant : « Arabaiana, ce chapeau ne vous va pas. Il faudra perdre quelques kilos et boire moins de lait, je n'ai jamais vu un jangadeiro aussi blanc. »

Jerônimo, Tatá et Mané Preto parcoururent eux aussi les 2 381 kilomètres jusqu'à Rio. Orson Welles voulait tourner les scènes en commençant par la fin, d'abord les adieux aux quatre pêcheurs à l'aéroport, puis la scène du transport de la jangada sur le camion de la praça Mauá. Enfin, clou du spectacle, l'arrivée triomphale de la jangada sur la plage de Rio. Après quoi, Orson Welles repartirait pour Fortaleza avec les pêcheurs afin de filmer le début de leur épopée. Cette fois-ci, il ne toucherait pas à son coffret de magie. Cette fois-ci, il laisserait simplement advenir ce qui s'était déjà produit.

Pendant ce temps, à Hollywood, les bruits qui parvenaient des autorités brésiliennes faisaient grincer des dents. Alors comme ça, le réalisateur passait son temps à filmer les pauvres, et des Noirs qui sautillaient ? Où était passée la carte postale, les naïades en bikini, les plages ! Pourquoi ne filmait-il pas le Pain de Sucre, comme tout le monde ? Le studio songeait à annuler l'épisode des « Quatre hommes sur un radeau ». Avec le début de la guerre, les enjeux étaient devenus trop grands. Les directions que prenaient chaque jour les nations du monde étaient trop mouvantes. Mais Orson

Welles réussit à les convaincre que c'était l'épisode le plus important. Qu'on lui fasse confiance, comme on l'avait fait pour *Citizen Kane*.

Le 13 mai 1942, Jacaré, Jerônimo, Tatá et Mané Preto se tenaient pour la première fois devant l'appareil et sa lentille de verre. En costume et chapeau, ils montaient l'escalier de l'avion, saluant de la main une foule invisible. Un avion, pour un jangadeiro, c'était aussi extraordinaire que de rentrer en volant à dos de condor. Et cette fois-ci, sans l'euphorie du retour à la maison, c'était plus irréel encore. Pour leur véritable retour, on leur avait déjà réservé des places à bord d'un bateau. Ils remontèrent donc dans cet avion qui les avait déjà ramenés une fois au point de départ. Sauf qu'une caméra était là. Oreille et œil. Un élément étranger.

Au moment de tourner, les acteurs doivent oublier qu'ils sont acteurs. Dans ses films, Orson Welles cherchait toujours à ce que personne ne *joue* rien devant la caméra. Mais que pouvaient faire les pêcheurs ? Si ce n'est jouer ? Puisqu'ils n'étaient justement pas acteurs.

Le 16 mai, ils sortirent le *São Pedro* des flots, le firent voler par-dessus le sable, par-dessus l'asphalte. Le camion. Pour aller voir le président. Les jangadeiros portaient leurs habits mis en lambeaux par la mer, et de nouveau ils saluaient la foule.

Et le 19 mai, et c'est un 19 mai que je l'écris, son dernier jour arriva.

J'écris les pieds dans l'eau. Mes pieds sont dans l'eau parce que les siens le sont. J'écris parce que ses mains sont dans l'eau. Son cœur. Je pense à ses enfants ; des grands-mères, des grands-pères qui sont toujours des enfants. Et qui ont toujours perdu leur père. Qui se tiennent toujours par la main quand ils traversent une rue. Parce que très tôt ils n'ont compté que sur eux-mêmes. Je pense à Pedro qui était un bébé : vieil homme aux jambes tordues, au sourire bon, avec des lunettes à sautoir, et qui dit encore : « mon papa ». Ça ne s'arrête jamais. Les parents n'arrêtent jamais de vivre, ils ont beau être morts, ils restent vivants jusqu'à ce qu'on meure. Pedro, nourri au sein endeuillé de sa mère. Absorbant dans son petit corps son trop-plein de larmes. Baiana, qui continua à écrire des lettres auxquelles son père ne répondrait plus. Une année durant, dans la chaleur du Nordeste, les enfants portèrent leurs habits noirs, fermés jusqu'au menton.

Je pense à ces enfants en ce 19 mai, il y a soixante-quatorze ans jour pour jour, le temps est couvert à Rio. Le matin, il est tombé quelques gouttes, mais la température est douce. Rien ne laisse présager des intempéries. Un bateau à moteur remorque le *São Pedro* dans la baie de Tijuca. Depuis un canot, Orson Welles donne les dernières indications à Jacaré. Ils vont jouer la scène de l'arrivée. *Je veux que vous refassiez exactement ce qui s'est passé.* Orson tape dans la main de Jacaré, il lui lance *On y va*, et il se fait conduire à la plage où sa caméra est déjà installée. L'œil, l'oreille. Il cadre l'image, vérifie l'ombre, la lumière sur les bords. Jacaré lève les yeux vers le ciel qui s'assombrit. L'odeur bien connue des flots froids, cette odeur de brûlé. La mer gonfle de minute en minute. Jerônimo lui fait un signe de tête ; ce serait bien qu'ils se dépêchent. Que trafique Welles ? Autour d'eux, des yachts et des voiliers amarrés leur bouchent la vue. Le vent souffle, ils sentent la morsure familière de la corde dans les doigts. Mané Preto et Tatá se tiennent chacun d'un côté du radeau, Jacaré à l'avant. Ils se laissent porter par le balancement, dressés sur le *São Pedro*, le radeau qu'ils ont construit de leurs propres mains. Ils portent leurs vrais habits. Mais ce ne sont plus les pêcheurs qui sont arrivés à Rio après deux mois en mer, les jambes tremblantes et les habits trempés. Rassemblant leurs dernières forces. Le but sous les yeux. Ils ne sont plus quatre à parler pour tous. À réclamer leur droit. Ils ne sont plus jangadeiros.

Je veux que vous refassiez exactement ce qui s'est passé. Mais ils ne peuvent pas. À cause de la caméra, justement. En temps normal, ils enrouleraient la voile pour prendre moins de vent. Mais c'est un film, il faut les voir arriver voile déployée. En temps normal, ils n'attendraient pas que Welles ait fini de régler sa caméra. Ils se laisseraient porter par le vent, par la mer, se remettant à sa force supérieure. Welles lève la main. Cinquante mètres jusqu'à la plage. Le ciel est noir, traversé d'éclats métalliques. La ligne, il leur faut à nouveau franchir la ligne.

C'est une vague, une vague qu'autrefois il avait nommée. C'est une vague qui vient vers lui, comme des millions de vagues auparavant. C'est une vague qui clapote sur ses mollets d'enfant, sur la plage. Pourquoi celle-ci devait-elle être différente ? Elle venait du même univers, de la même planète, du même pays, du même couloir d'où viennent toutes les vagues.

Peut-être était-elle simplement plus grande que les autres.

Je veux que vous refassiez exactement ce qui s'est passé.
Ce qui avait été n'était plus.
Ce que cherchait Orson Welles était passé.
Une nouvelle vérité remplace l'ancienne.

La vague, elle emporte les jangadeiros dans la mer.

Les oiseaux. Les arbres tordus. Les falaises. Les coquillages. Le soleil.

Tous, des témoins silencieux.

Trois petites têtes refont surface dans les vagues. La quatrième ne refait pas surface.

La dernière chose que voit Jacaré, c'est le visage de Josefina. Si proche de lui qu'il peut le toucher. Il lève la main. Puis un bouillonnement froid et lourd, la gueule ouverte, effroyable.

La mer d'où il a tiré tant de poissons. C'est elle qui l'a avalé.

*

On aurait pu tendre des fils. D'un bout à l'autre du monde. De la lune au fond de la mer. De l'*estrela do Norte* à l'*estrela do Oriente.* Tant était vaste l'espace où manquait Jacaré. Et c'était rien que dans le cœur de Josefina. Que dire des autres. Des grands et des petits.

Qu'y avait-il dans le cœur d'Orson Welles ?

Un tumulte.

Il pleurait sur la plage. Il envoya des plongeurs à la recherche de Jacaré. Puis il rentra à l'hôtel, et il vit la place vide à la table dressée pour le soir. Il n'avait aucune idée du comportement à adopter. Il s'était trompé, depuis le début. *Je veux que vous refassiez exactement ce qui s'est passé*. Plus rien n'était comme avant.

Le même jour, il reçut un télégramme d'Amérique. Le film était terminé. Il était prié de plier bagage et de rentrer chez lui.

Orson Welles ne répondit pas. Il resta à Rio, lança d'autres recherches, d'autres plongées, il cherchait Jacaré. Mais le troisième jour, aucune baleine n'apparut pour le recracher sur la terre ferme. Aucune baleine n'apparut au cours des quarante-trois ans qui s'écoulèrent avant qu'Orson Welles quitte ce monde.

Il parla avec Jerônimo, Tatá et Mané Preto, mais ils secouaient la tête, ils ne comprenaient pas ce qui s'était passé. Ils priaient, invoquaient Iemanjá, *são* Pedro, et tous les saints pour qu'ils ramènent Jacaré.

On aurait pu tendre des fils. D'un bout à l'autre du monde. De la lune au fond de la mer. De l'*estrela do Norte* à l'*estrela do Oriente.*

Orson Welles s'engouffra dans cet espace – et il arriva à Fortaleza.

*

Qu'est-il arrivé à Jacaré ? Comment celui qui nageait aussi vite qu'un crocodile a-t-il pu couler aussi facilement ? Et personne ne l'a vu ? De ses yeux vu ? Même les trois pêcheurs n'étaient pas d'accord. Jerônimo disait que Jacaré avait nagé derrière lui, vers la rive ; comme lui, le courant n'avait cessé de le tirer vers le fond, et il avait entendu Jacaré crier : « Nage ! Nage ! » Tatá avait vu Jacaré nager dans l'autre sens. Pas vers la plage, vers le large. Et Mané Preto avait vu le mât se briser et heurter le crâne de Jacaré. Celui-ci avait levé la main et puis il avait coulé. Le *New York Times* écrivit que le pêcheur avait succombé à la suite d'un combat entre un requin et une pieuvre qu'on était justement en train de filmer. C'est le tourbillon créé par les deux bêtes qui l'avait attiré vers le fond. Quelques jours plus tard, quand on découvrit des restes humains dans le ventre d'un requin proche de la côte de Rio, on crut Jacaré retrouvé. Mais les entrailles du requin contenaient aussi des dents en or.

Comme Jacaré n'avait jamais eu de dent en or, il fallut abandonner cette piste.

Et puis l'île Cagarra, dans la baie de Rio. Une île rocheuse aux parois escarpées, inabordable à mains nues. Une nuée d'oiseaux piailleurs s'étaient mis à voler au-dessus du plateau, nuit et jour. C'était très étrange, et comme il n'y avait aucune explication aux cercles excités des oiseaux, les années suivantes la croyance se répandit que Jacaré y vivait – et que les oiseaux lui rendaient hommage. Comme la Terre ne livrait pas la vérité, l'imagination fleurissait. Comme les réponses restaient introuvables, on les inventait.

Les enfants croyaient que leur père avait été tué. Au cours d'une séance spirite, l'une de ses filles avait vu Jerônimo asséner un coup à son père avec un morceau de bois. Josefina croyait qu'on avait emmené son mari en Amérique. Enlevé pour avoir trop parlé par ces temps où sévissait la censure. Et chaque jour qui passait rendait plus sombre l'eau dans laquelle on le cherchait. Corrompue, troublée. Laissez-moi vous dire. La saleté est *dans* l'eau. L'eau elle-même est pure. La saleté effleure les gouttes mais ne les pénètre pas. Il fallait le savoir. Il faut le savoir pour se libérer des eaux troubles qui croupissent dans notre cœur. La saleté est dans l'eau. Mais elle ne pénètre pas les gouttes.

Pas de visage dévasté par les roches, pas de joues d'où s'échappe lentement toute chaleur, pas de repos paisible. Et pas de marches vers la chapelle, pas de fleur, pas de froid, pas d'odeur, fraîche et putride, pas de dernier regard. Pas de cercueil. Pas de sangles pour le faire descendre. Pas de « Et si on ouvre la tombe ? »

La nuit qui avait précédé son départ pour Fortaleza, Orson Welles avait fait un rêve. Il avait vu la jangada arriver à Rio, sa voile blanche déployée. Pas devant la caméra, son arrivée réelle. Quand elle était encore reliée à toutes les forces positives de l'univers. Quand elle l'avait mérité. Toute action héroïque est sacrée. Au moment où elle se produit. A-t-on le droit de la démontrer ? De la montrer encore une fois ? Ce sont les questions que lui posait son rêve.

*

Fortaleza, juin 1942. Les cabanes de roseau des pêcheurs. Derrière, la dune où quelques ânes traquent les herbes sèches. Des palmiers tordus, ployant sous la chaleur. Et enfin le ciel immense qui pour Jacaré n'appartenait pas à la terre. Les hommes, pieds nus. Portant presque tous un ou deux poissons. Dans le sable, des nageoires arrachées. Ils ouvrent les branchies d'un coup de couteau, la mâchoire craque, quelqu'un fait lentement passer un fil à travers. Les visages tournés vers lui. Le pêcheur poussant son radeau hors de l'eau. La femme en chemin pour l'épicerie. Le garçon qui dessine une jangada dans le sable. Ces visages-là n'avaient rien à cacher ni rien à montrer. Ils étaient, simplement.

Orson Welles songea à son premier dîner de gala à Hollywood. Des maharadjas avaient été conviés, des princes. Et lui, le jeune réalisateur, à qui on avait demandé de faire un discours. Il était nerveux et avait commencé par raconter une anecdote plaisante entendue le jour même. Tout à coup, il s'était rendu compte qu'il avait oublié la chute. Il avait continué à raconter, espérant pouvoir en inventer une qui tienne la route. Tout ce beau monde le regardait. L'histoire était très ennuyeuse, et si elle l'était, c'était forcément que la fin devait être surprenante. Comment vais-je me tirer de là, se dit Welles en continuant à parler. Je pourrais faire semblant de tomber dans les pommes. Me précipiter dehors en feignant la crise de nerfs. Il pria Dieu en son for intérieur de le tirer de ce mauvais pas – et la réalité vint à son secours. Le lustre au-dessus de lui se mit à tinter, s'écrasa sur la nappe, tout le monde sauta sur les tables : un tremblement de terre ébranlait la Californie.

Et il n'est même pas certain que cette histoire soit vraie. Mais sa chute était bonne. C'était ce qu'il avait toujours recherché.

Ici, pas de chute. Rien que des visages à nu qui exigeaient d'être regardés en face. Auxquels il fallait se livrer. Qui le questionnaient. Où est Jacaré. Que s'est-il passé. Des visages en larmes. D'autres impassibles. Certains secrètement joyeux. Mais nus, tous.

Et celui de Josefina ? Elle était petite, et elle avait le regard aussi perçant que celui d'une *cabócla.* Quand elle et Jacaré s'étaient rencontrés, elle avait placé une dentelle devant son visage pour dissimuler son sourire. Plus rien à dissimuler maintenant. Son regard n'était plus perçant, mais cru. Vulnérable, blessé. Ses yeux étaient habitués à attendre. À se perdre au large, dans le lointain de la mer, à attendre l'inaccessible, attendre qu'un point apparaisse qui serait peut-être son mari. Le vent faisait voler le sable par l'ouverture de la cabane. Orson Welles vit le hamac de Jacaré qui se balançait doucement. La lumière entrait par la petite lucarne, tombait sur le tissu où elle dessinait un carré, une tache de lumière. Le soleil d'où venait toute chose, tout être. Les yeux de Josefina qui pouvaient voir si loin, tant ils étaient profonds désormais. Son regard alourdissait immensément la petite pièce, la réduisait en cendres. Orson Welles s'effondra devant ce regard. À genoux. Que dire. Il n'y avait rien à dire.

Seulement à voir.

Sortir. Encore des visages émergeant des cabanes. Venus de la mer. Rôdant par les rues. Orson Welles se prit à penser que Jacaré n'avait pas seulement quitté ces hommes, mais tous les hommes. Le monde entier vivait désormais dans un monde sans Jacaré. Peu importe qu'ils l'aient connu ou pas. Et parce qu'il les avait tous quittés, ils étaient tous liés.

Il lui fallait répondre à ces visages. Les montrer tels qu'ils étaient maintenant. C'est là qu'elle résidait. Pas dans le passé. Si vous voulez trouver la vérité, il faut que vous la cherchiez dans l'instant. Là seul vous pourrez la toucher.

Coupable. Orson Welles ne se sentait pas coupable. Il n'y avait pas de culpabilité, juste de la responsabilité.

Il tournerait ce film. Sans Jacaré. Avec Jacaré. Pour Jacaré. Il supplia le studio et les diplomates de lui laisser achever « Quatre hommes sur un radeau ». Les Américains émettaient des doutes, mais ils craignaient aussi de décevoir les Brésiliens si on refusait de montrer l'histoire de leur héros. Si on repartait les mains vides. En pleine guerre. Hollywood céda à Orson Welles, en imposant des conditions strictes. Dix mille dollars de budget, peu de bobines, juste de quoi tourner quarante-sept minutes, et chaque prise devait être la bonne. Une caméra qui ne filmait qu'en muet, pas d'éclairage. Un caméraman, un assistant. Dans sa poche poitrine, une feuille volante avec l'ordre des scènes. Rien de plus. Orson Welles était content. Il allait faire ce qu'il *pouvait*. Il avait son radeau.

Ce soir-là, il dormit sur la plage. D'un sommeil profond et sans rêve. Au petit matin, ce n'est pas le roulis des vagues qui le réveilla mais les voix des oiseaux. Il entendait les oiseaux parler. Ils discutaient entre eux. Un oiseau répétait ce que l'autre venait de dire, un troisième répondait. Ils parlaient si fort, si distinctement qu'on les comprenait à peine. Mais à cet instant, il les comprit. Ils annonçaient l'aube. Le divin n'a pas de bouche. Mais les oiseaux lui prêtent leur voix. Il parle à travers eux. Si haut que nous devons nous élever pour les comprendre.

Ce n'étaient plus les gens qui sortaient la tête de leur cabane pour mieux voir, c'était Orson Welles qui regardait à l'intérieur. Il marchait sur la plage pendant des heures, passait la tête dans les embrasures, observait les femmes qui mélangeaient la farine de manioc avec le beurre, essuyaient, ouvraient une noix de coco. Les hommes passaient leur temps libre sur la jangada, même quand elle était sur le sable. Ils jouaient aux cartes à l'ombre du radeau, ils buvaient de la cachaça pour oublier leur vie, tressaient des cordes, une pour l'ancre, une pour la voile, et une pour s'y tenir.

Orson Welles restait des jours entiers avec les pêcheurs. Silencieux, en retrait. Quand il parlait, il agitait les mains et les pieds, ce qui en faisait rire beaucoup. Personne ne lui adressait de reproche. Les gens l'aimaient bien. Parce qu'il s'ouvrait à eux. La lumière pouvait bien briller des millions d'années sur quelqu'un. Si on ne s'ouvrait pas à elle, on ne la recevait pas. Et voilà qu'il la recevait.

Voilà qu'il se retrouvait dans cet espace où Jacaré manquait tout en étant là. Quelqu'un lui avait posé une question. Quelle serait sa réponse.

Je veux que vous fassiez exactement ce qui s'est passé. C'était terminé.

Et maintenant ?

*

On entend le grondement des vagues dans la pénombre. D'abord, on voit le ciel de Fortaleza, en noir et blanc, petit derrière les rayons déjà puissants du soleil qui se lève. Deux femmes traversent l'image. Quelqu'un porte une corbeille, d'autres des troncs sur leurs épaules. Les palmiers s'élèvent comme un alphabet.

Ce que nous voyons ici, c'est un commencement du monde, un monde intouché, et nous parlons d'images qui avaient disparu pendant un demi-siècle. Que Josefina n'a jamais vues, ni Tatá, ni Mané Preto, ni Jerônimo, parce qu'elles ont fini par réapparaître dans un monde qu'ils avaient déjà quitté. Cinquante-deux ans plus tard, on les montre pour la première fois au cinéma de Fortaleza. Les hommes tirent les troncs de la mer. On entend les coups, la scie. On voit des mains en plein travail, rêches comme l'écorce des arbres. Une voile blanche est sur le sable, quelqu'un y trace des lettres noires : *S. Pedro*. Les jangadas sont mises à flot. Les femmes sont assises sur la plage, elles tissent, elles cousent, les regards levés vers les hommes sur l'eau qui agitent en tous sens leurs mains d'où partent des fils invisibles, comme s'ils dansaient avec les poissons qu'ils attrapent. Un monde de paix, d'harmonie et de rythmes. Jusqu'à la répartition des poissons sur le sable, à laquelle tout le monde assiste comme à une veillée funèbre.

On voit une jeune fille au visage ouvert et rayonnant comme un soleil. Elle s'appelle Francisca, elle lave des draps. Elle vient du village, à treize ans elle n'a jamais vu de films. Un jeune garçon s'approche, ils parlent. On ne sait pas ce qu'ils se disent mais on voit comment ils se regardent. Le garçon, c'est Sobrinho, un cousin de Jerônimo. Il grimpe sur un palmier – la fille l'admire, tendue – et redescend avec de grandes palmes pour le toit de leur cabane. Ils se marient, vivent leur bonheur simple et juvénile, quand survient ce que tout jangadeiro redoute. À cinquante mètres de la plage, la jangada chavire sous les yeux des femmes.

Tous les pêcheurs sur les radeaux environnants sautent à l'eau, plongent pour secourir leur compagnon – mais c'est Mané Preto qui va voir Francisca, son chapeau à la main, et lui dit qu'ils n'ont pas pu le trouver. Le village uni en arrière-plan. Le visage de la grand-mère centenaire, chacune de ses rides : un jangadeiro disparu. Le visage de la jeune veuve, des yeux qui ne connaissent pas encore la perte. Ce sont ces visages que filme Orson Welles en contre-plongée, enfoui dans le sable, ces visages devant lesquels il se prosterne, qu'il regarde, ces visages qu'on n'oublie plus.

On voit une petite fille, de quatre ans peut-être, elle crapahute entre les rochers, dans la mer, quand elle aperçoit un corps sans vie que le courant charrie. Elle pleure, l'air désespéré, comme si elle les avait tous perdus, pour toujours. Elle court, elle remonte la plage le long des filets de pêche. Par-dessus les filets, à travers les filets. Le dernier filet retombe derrière elle. Puis elle est devant Francisca et la grand-mère, hors d'haleine, et elle raconte ce qu'elle a vu. Le village se précipite sur la plage, Francisca et les pêcheurs récupèrent le corps et le portent vers les maisons.

Ces gens n'avaient encore jamais vu de caméra de leur vie. Ils n'avaient rien à jouer. Simplement, ils ne cachaient pas leurs sentiments. La caméra répondait humblement. Ce devait être autour du 19 juin. Au moment où une messe fut donnée pour Jacaré dans la chapelle São Pedro, un mois après sa disparition.

Disparu, il va falloir s'y faire, disaient les uns. Comme si le savoir était aussi grand que l'ignorance.

Il n'était pas là. Et comme il n'était nulle part, il était partout. Certains voyaient son visage dans la foule du village réuni pour le tournage, et il disparaissait. L'âme du noyé qu'on ne retrouve pas continue d'errer, effrayant les autres âmes, c'est ce qu'on dit dans le Nordeste. Un vendredi, c'était le Vendredi saint, *mestre* Jerônimo a vu une procession de noyés. Ils baignaient en silence dans la mer, alignés, les yeux blancs, leur corps aux reflets d'argent scintillant dans l'eau sombre.

C'est dans ces jours qui suivirent ou précédèrent la messe qu'Orson Welles filma le long cortège. Ils grimpent sur la dune, sous eux, la mer. Devant, quatre hommes portent le corps dans un hamac solidement attaché à deux rondins. On entend le vent, un tambour régulier, le staccato des maracas. Ils grimpent, pieds nus dans le sable. Une file qui s'étire sur la dune comme un serpent. Tous ont la tête basse. Les bras croisés. Chacun dans son corps. Mais un seul corps. Un sentiment. Un mouvement.

Le cortège vu de face. On les voit à présent, Jerônimo, Tatá, Mané Preto et un quatrième jangadeiro portent le hamac. On le sait à présent, dans le hamac il y a Sobrinho – mais c'est Jacaré. C'est lui qu'ils portent en terre. C'est lui qu'ils pleurent. Pour lui qu'ils croisent les bras. Ce qui n'a pu avoir lieu en réalité, Orson Welles le leur donne dans le film. Et l'espace d'un instant, Orson apparaît. Sous tous ses déguisements. Dans cette scène. Sur cette dune. Pour la première fois, on lit dans son cœur. En regardant le visage de ces gens. Leur désarroi, presque crâne. Chaque image comme une célébration du sentiment humain, tel qu'il l'exprime. Les croix de bois dans le vent. Le sable soulevé, des aiguilles dans les mollets. Les gens qui s'approchent lentement du corps dans la tombe qui vient d'être creusée, comme partout dans le monde, comme s'il fallait maintenir une distance. D'en bas, des yeux du mort qui vit pourtant, on voit trois femmes dans le cadre : la mère de Jacaré, sa sœur, sa nièce. Jerônimo qui ferme les yeux, Mané Preto, dont les lèvres esquissent une sorte de sourire. Dans le ciel, les nuages, unis en leur blanc. Francisca les regarde du coin de l'œil. Jerônimo lui parle, il déglutit, marque une pause, parle encore. Nous sommes près de ses lèvres, mais nous n'entendons pas ce qu'il dit.

Les pêcheurs se réunissent à l'ombre d'un palmier. Les hommes debout sur la jangada, autour de la jangada, parlant avec des gestes amples. L'injustice, la mort de Sobrinho, la souffrance inutile de sa femme. En images muettes. Puis les premiers acquiescent, le départ est décidé. Ils font une chose très simple. Ils risquent leur vie pour la chose la plus simple du monde, le droit d'être égaux. Ils ne ripostent pas. Ne se sacrifient pas. *Si on te frappe sur la joue droite, tends la joue gauche.* Cela, Jacaré l'avait toujours compris autrement. Il ne s'agissait pas d'être frappé une deuxième fois, mais de montrer l'autre côté à celui qui frappe, l'autre possibilité. C'était ça, leur voyage.

Avant de prendre la mer, Jerônimo, Mané Preto et Tatá se rendent à la cabane de la jeune veuve, ils retirent leur chapeau de pêcheur. Le *São Pedro* attend sur la mer, solitaire. Tout le village est derrière eux. Que ressentent-ils, ces gens qui se séparent encore une fois de leurs jangadeiros alors que Jacaré est toujours porté disparu. Qui suivent des yeux le radeau jusqu'à le voir se fondre dans le gris de l'horizon.

On voit les jangadeiros qui chevauchent les vagues, ruisselants d'eau, ils font halte, petites têtes d'aiguilles marchant sur la crête d'une dune, derrière eux une montagne de nuages noirs. Ils dorment sur les rochers. On les voit entrer dans une église coloniale à Recife, cachée derrière un échafaudage. Ils se signent. On voit leur travail sur les flots perpétuellement changeants. On voit Tatá, à bout de forces, porter son outre de cuir à ses lèvres. Le quatrième jangadeiro, joué par Izidro, le frère de Jacaré, on l'aperçoit à peine. Son visage reste dans l'ombre. Pour nous dire : c'est Jacaré qui fait le voyage.

C'est son voyage, sa mission.

Il se noie.
Ils le trouvent.
Ils l'enterrent.
Ils partent pour lui.
Il est ressuscité.
Il fait le voyage.

Ça n'a plus rien à voir avec la réalité.
Mais avec la vérité.

À la fin, quand ils entrent dans la baie de Rio, on voit Jacaré qui rit. Les images tournées juste avant sa disparition. Des bateaux à moteur escortent la jangada pendant les derniers mètres, un petit avion tourne au-dessus de leurs têtes, des jeunes gens en maillot de bain ou bikini bondissent sur la plage. À l'arrière-plan, le Copacabana Palace. Jacaré lance la corde pour amarrer. Les gens lui serrent les mains. C'est la troisième fois qu'il arrive à Rio. La première dans la réalité, la deuxième pendant le tournage, la troisième dans le film. Jacaré est là.

*

Le 20 juillet 1942, peu avant la fin du tournage, un journal de Rio publie l'annonce d'un studio américain. « Nous n'assumons aucune responsabilité pour toute action de *senhor* Orson Welles au Brésil », peut-on lire. Signée par la chargée de production. En son absence, les bruits avaient commencé de courir. L'enfant prodige passait désormais pour irresponsable et imprévisible. Le 22 août, le réalisateur rentre en Amérique. La nouvelle direction des studios lui laisse six heures pour vider son bureau. Les bobines sont saisies. Orson Welles dira qu'on les a jetées à la mer. La simplicité, la dignité de ses images. Très peu pour l'Amérique d'alors. Très peu pour le Brésil d'alors.

Nous ne savons pas s'il a pu voir ses prises. Les bobines d'*It's All True* ont refait surface après un long, très long séjour dans l'obscurité, elles ont été retrouvées par hasard, dans une vieille malle, au fond d'une cave. Orson Welles est mort quelque temps plus tard. Après la disparition de Jacaré, il avait essayé inlassablement de récupérer les droits d'*It's All True*, de faire valoir son droit – en vain. Des années durant, il n'a reçu aucune proposition de film. Lui aussi, une vague l'avait emporté. Sauf qu'il était en vie.

Orson Welles s'est mis en chemin sans les studios. En réalisant ses propres films. *Écris dans ta propre langue. Apprends à connaître ta propre langue.* Peu importe la difficulté. Peu importe tout ce qui reste inachevé. Il a dit ce qu'il avait à dire. Il envoyait régulièrement de l'argent à Josefina à Fortaleza, pour qu'elle puisse élever ses neuf enfants.

*

Le temps passe. Dit-on. Comme s'il nous passait devant. Mais c'est nous qui passons. Devant le temps. Josefina attendait. Chaque jour. Debout à sa fenêtre. Elle le voyait souvent, mais ce n'était jamais lui. Debout près de la mer. Les yeux perdus au loin, là où la terre se courbe, et son regard s'ouvrait toujours plus.

Même quand elle était assise en face de ses enfants, sur la paillasse, elle avait désormais ce regard ouvert. Elle attendit pendant cinq ans et, un jour, son cœur, comme on dit, se brisa. Morte d'amour. Morte d'attente. Étendue sur son matelas, elle avait senti la mort approcher, tirer sur ses draps. Elle avait pensé à cette heure où sa vie ne lui avait plus appartenu. À l'attaque, à leur emprisonnement dans la grange. Et leur fils qui dormait au-dessus d'eux, dans la chambre. Il était au-dessus d'eux. Au-dessus de ce qui se passait. Jacaré, lui, était maintenant sous eux. Dans la mer. Sous eux. Pour une raison obscure, elle pensa qu'il était donc protégé, comme leur fils l'avait été.

Ils avaient formé un cercle autour de sa couche, les enfants, ses sœurs et leurs maris. L'une d'elles demanda à Josefina si elle allait lui donner un de ses enfants, et Josefina répondit : « Mes enfants, je ne les donne qu'à Dieu. »

Puis elle avait fermé les yeux.

Est-ce qu'elle respire encore.

Tout son souffle resta dans le monde.

*

Ici s'achève l'histoire. Presque.

Les enfants. Ils restèrent seuls. Baiana, du haut de ses quinze ans, la plus âgée, s'occupa des petits comme une mère. Renonçant pour cela à fonder sa propre famille. Pedro, trois mois à la mort de son père, arriva à six ans chez une tante plus au nord du Brésil. Chaque jour, il sortait en mer avec les pêcheurs. Pleurant quand il ne pouvait pas partir avec eux. Orson Welles envoyait de l'argent sur un compte, Baiana n'en prélevait que les intérêts sur lesquels ils vivaient. Plus tard, quand elle voulut retirer l'argent, il restait tout juste de quoi acheter une machine à coudre. Elle ignore s'il a été volé ou si c'est l'inflation qui l'a anéanti. Aujourd'hui, tous ceux qui vivent encore habitent Fortaleza, ils sont restés proches. Ils ont la petite taille et le rire clair de Jacaré. Ils se touchent sans cesse, les bras, les épaules, les mains, s'enlacent. Quand ils parlent, c'est tous en même temps, comme des enfants qui n'ont jamais eu de parents pour leur dire de se tenir tranquilles.

Jerônimo. En 1958, il est parti pour Buenos Aires, sur sa jangada. Après le changement de régime, les jangadeiros avaient de nouveau été livrés à eux-mêmes, ils ne pouvaient s'en remettre qu'à leur courage, pas à l'État. À Rio, au moment de passer l'endroit où Jacaré avait disparu, il pria pour son ami. Par une sombre matinée de 1965, Jerônimo sortit pêcher. Un bateau ne vit pas la jangada, il la coupa en deux. Jerônimo disparut et rejoignit la procession de noyés qui lui était apparue un jour dans la mer.

Tatá. Mort sur l'asphalte. À quatre-vingt-trois ans, il s'apprêtait à traverser une rue à Fortaleza, un conducteur distrait l'a renversé. Il a pêché jusqu'au dernier jour. Une fois qu'il était sorti en mer, Tatá avait senti quelque chose de très lourd accrocher son hameçon. Il avait tiré, tiré, tiré de toutes ses forces. Mais rien ne venait. « C'était sûrement l'âme d'un pêcheur », dira plus tard sa femme, Celsa, dans la cuisine.

Mané Preto. A vécu et pêché le plus longtemps. Il est mort à quatre-vingt-dix ans, sur la terre ferme.

L'île Cagarra. Aujourd'hui encore, les oiseaux survolent le plateau rocheux, auréole sombre, ils piaillent, mais pas pour honorer Jacaré qui vit là-haut sur la roche. Non, tout là-haut ça bruisse légèrement, les branches craquent, de la nacre noire ondoie dans les buissons cassants. L'île regorge de serpents. C'est pour ça que les oiseaux s'unissent : les serpents dévorent leurs œufs.

Jacaré. Sa traversée inspira bien d'autres traversées entreprises par des jangadeiros pour défendre leurs droits. Jacaré leur avait ouvert la voie. Montré la force que pouvait receler un voyage comme celui-ci. Ne serait-ce que celle d'exister. D'être visible.

Sentir. Voir. Savoir. C'était une chose. Mais le faire. Le réaliser. C'en était une autre.

« Dei o recado – Jacaré »

« J'ai transmis le message – Jacaré », gravé sur un mur de Rio. *Pour tous, ce jour est un nouveau jour dans leur vie. Pour tous, ce jour est un jour de moins dans leur vie.* Ces mots écrits dans son journal.

Vous voyez, Jacaré était un homme modeste. Humble, comme on dit sous nos latitudes. Il connaissait la force incommensurable de l'univers qui anime chaque goutte d'eau, chaque grain de sable, chaque étoile. Il savait qu'il devait suivre cette force pour qu'elle le traverse sans heurts. Il se sentait minuscule sur ses six rondins lancés sur la mer : c'était la porte par laquelle se déversait la force. Ainsi était-elle en lui, et non une force menaçante qui rôdait autour de lui. Dieu commençait en lui. Précisément parce qu'il le dépassait. Voilà pourquoi je suis persuadée qu'il est mort en paix. Comme Josefina.

Et Orson Welles, comment a-t-il vécu avec ce passé ? Quand je ferme les yeux, une image apparaît : Orson, avec à ses côtés un petit chien bâtard qui n'arrête pas de lui grimper aux jambes. Je crois que c'était ça, le passé, pour Orson Welles. Il l'accompagnait partout, tirait sans cesse sur son pantalon. Quand d'autres transportent leur passé dans des charrettes, toujours plus lourdes, toujours plus encombrées, jusqu'à ne plus pouvoir être tirées, jusqu'à finir stockées dans des entrepôts loués exprès pour elles, le passé était pour lui un petit chien insolent qui jappait autour de lui. Et Welles lui lançait des « assis » « couché » pour le tenir tranquille – et quand le petit chien dépassait les bornes, il l'attachait devant une charcuterie en guise de punition. Orson Welles a toujours été sauvé par son imagination, il pouvait puiser en elle. Le cadeau de son enfance. Mais, l'espace d'un instant, il avait touché la vérité.

« La réalité, c'est la brosse à dents qui vous attend à la maison dans un verre », a dit Orson Welles dans un de ses derniers films. La réalité, c'est la forme. En elle se cache la vérité. Visible uniquement pour ceux qui veulent la voir. Le filet existe. Qui nous relie tous, à tout. Il ne tient qu'à nous de le toucher. Et il le faut, si nous ne voulons pas arpenter éternellement la même étroite bande de lumière sous la fenêtre. Nous borner à voir la rive depuis l'autre côté. S'arrêter à la prunelle de l'autre. Et seulement nous deviner nous-mêmes, comme le soleil qui traverse l'épaisseur de l'eau pour nous envoyer sa faible lueur jusqu'au fond de la mer.

Ma fille m'a raconté une histoire. Je crois que c'était celle de Caïn et Abel, mais elle l'a raconté comme ça : il était une fois deux frères, chacun avait un troupeau de brebis. Un jour, leur père les pria de donner leur brebis préférée à celui qui leur avait tout donné. L'un des frères se fâcha et jeta sa brebis au feu, il regardait la flamme qui s'élevait en zigzaguant et pestait : « Mais va donc, flamme, va, monte ! »

L'autre frère livra aussi sa brebis au feu, mais les larmes coulaient le long de ses joues, il ne les essuyait pas, et il priait pour sa brebis qui brûlait, car c'était sa préférée. Sa flamme monta tout droit dans le ciel. À la verticale. Comme si elle était déjà reliée aux cieux.

C'est tout le mystère de cette histoire que je voulais vous raconter.

Vous la trouverez dans les quarante-sept minutes de film que le réalisateur américain vous a laissées. Quand il n'a plus voulu chercher à rendre les choses telles qu'elles étaient. Mais telles qu'elles sont. Quand il regarde dans son propre cœur.

Orson pleurait sa brebis. Orson priait pour sa brebis. Il est mort le 10 octobre 1985 à Los Angeles, d'une crise cardiaque. On a trouvé un billet jauni dans le tiroir de sa table de nuit. Dessus, un mot, un seul, que personne ne connaissait, que personne ne pouvait s'expliquer. Quelques lettres, tracées dans une écriture enfantine :

Arabaiana

*

Ouvrage réalisé
par l'atelier graphique Actes Sud
Achevé d'imprimer
en avril 2021
par Normandie Roto Impression s.a.s.
à Lonrai
pour le compte des éditions Actes Sud
Le Méjan, place Nina-Berberova
13200 Arles

Dépôt légal 1re édition : mai 2021

N° impr. : 2101573
(Imprimé en France)